# 不怕，寂寞

過去，我一再相信愛情，奮不顧身投入，最後總換來滿身傷。
如今，我不再害怕寂寞，心，卻仍然空空蕩蕩……

雪倫 著
OL心聲代言人

# 第一章

## 女人的領悟：所有失戀後的女人都會發現，最適合自己的狀態，是單身。

這個世界上，每個人都有最適合自己的位置，或許他旁邊的位置不適合我，又或許，最適合我的位置，是我自己的身旁。我們都想有人陪伴，但總是到最後才知道，最適合陪伴自己的，不是別人，而是自己。

「妳要哭完再講，還是先講完再哭？」我對著電話那頭的人說。

如果我沒看錯，在我接起電話之前，瞄到手機螢幕上的時間是凌晨三點十一分。一個作息正常的人現在已經睡翻的時間，我被一通只有哭聲的電話吵醒，然後我還不能生氣，因為對方正在傷心。

可是，哭聲還是沒有停止。

我二話不說掛掉電話，嘆了一口氣，努力的站起身，到浴室洗了把臉，再幫自己倒一杯水。我知道，一個陷入自己小劇場的女人，通常不會放過身旁的朋友，當然，這種事就連我自己也做了不少次，我完完全全能夠理解。

屁股才剛坐到床上，手機鈴聲又響了，看吧。

「哭完了？」我直接問。

「嗯……」我的助理小月總算肯出聲了。

聲音聽起來是冷靜了一點，但總覺得她下一秒還是會再放聲大哭。對，遇到愛情問題的女人，情緒變化之迅速，簡直是翻臉比翻書還要快……但現在應該說翻臉比滑手機還快，畢竟如今願意翻書的人實在不多了。

小月開始跟我抱怨她男友今天又不回家睡覺，說要跟朋友去通宵唱歌。她叫男友早點回家，兩個人就大吵了起來。小月的男友覺得小月管得太多，小月覺得男友讓她很沒有安全感。

我嘆了一口氣，一個想要自由，一個想要安全感，最好的方式就只有分手了。因為自己一個人的時候最自由，而當你心裡不用牽掛另一個人的時候，才最有安全感。

就像我現在這樣，自由與和平，內心永遠 love and peace。

我的第三任男友阿發，就是個極度熱愛自由的人，熱愛到他常常忘了自己還有一個女朋友。我只能不斷的等他來電、等他聯絡、等他施捨，等他記得轉頭，發現我的存在，好給我一點點溫暖，好讓我自己有繼續愛下去的勇氣。

那段愛情裡，我像個無助的乞丐。

我就這樣每天等著、哭著、埋怨著過日子，整整過了兩年。現在想想，如果我把對他的耐心放到工作上，我現在就不會只是個小小的行銷部組長，搞不好可以把我的上司吉娜幹掉，省得她每天拿點小事對我開刀。

但女人的潛力，通常只會在愛情上發揮得淋漓盡致而已。

從阿發身上，我很清楚的知道，不要跟「自由」搶男友。因為熱愛自由的人，其實都比較愛他自己，而我，只是他熱愛自由之餘短暫的依靠和休息。分手後，我下定決心，再也不要讓自己變成一間汽車旅館。

但我當然沒有辦法這樣告訴小月：妳想繼續當一間汽車旅館嗎？

因為，被愛折磨的女人耳朵都是關上的，只有聽見她們想聽的話時，才會打開耳朵。

我常會問老天，為什麼要對女人下這樣的魔咒。

「妳就先去睡覺吧，就算他再怎麼玩，都是會回家的啊。不是嗎？」女人最愛聽這種話，男人再怎麼在外拈花惹草，終究會回到妳的身邊。女人永遠只聽到最後一句「回到妳身邊」，而前面那句拈花惹草都自動代謝，比脂肪還要好對付。

小月這才笑了出來，「是沒錯啦，但妳覺得，他等一下回來我應該繼續跟他吵嗎？還是要放過他？」

「想分手就繼續吵。」我說。

「好啦好啦，我知道了啦！子晨姊，謝謝妳喔，每次跟妳說完我的心情都會好很多。我知道我該怎麼做了，快四點了，那我先去睡囉！子晨姊晚安。」小月說完就馬上掛掉電話。

我有一種被當成保險套的感覺，用完即丟。

我嘆了好大一口氣，用力的躺回床上，想著小月剛剛的哭訴，同時慶幸自己走過了那條路。現在，我正走在單身的路上，步伐輕盈、內心輕鬆，還能邊哼著周杰倫的星晴。

然後我閉上眼，用一種「好加在」的心情入睡。

但這個晚上，我又夢到了阿發的背影。老天爺總是不斷潑我冷水，想告訴我，有些事表面上是過去了，而其實傷痕在每個人的心中，或許從未過去。

託小月的福，隔天早上睡過頭的我，趕在十點開會前十秒閃進了會議室。大家都已經坐定，總經理抬頭看見我一臉的驚魂未定，不是很高興的撇了撇嘴，而我的上司吉娜瞪了我一眼，連身為我助理的小月，都用著一臉「我上司真是不懂事」的表情，不著痕跡的指責我，也不想想看是誰害我睡過頭的。

我快速入座，會議在下一秒立刻開始。但謝安婷從來不管會議是不是進行中，她靠了過來，偷偷在我耳邊說：「妳居然敢在這個時間點遲到，我發現妳比我還叛逆。」

我看了她一眼，說到叛逆，這世界有誰贏得過她？

謝安婷是我看過最不在乎別人想法的女人，她在自己的世界活得非常自在，她最常對我說的一句話就是，「妳管別人那麼多幹麼？」她就是永遠都不管那麼多，才會跟吉娜變成死對頭，搞得我常夾在她們中間難做人。

關於女人的友情，我覺得大學裡應該要立一門課來特別討論它，甚至應該要是每個女人必修的學分。對女人來說，什麼事都可以吵，什麼理由都可以決裂，可以上一秒說對方不要臉，下一秒就馬上和好。不要覺得不可能，女人的友情就是可以把世界上所有不可能化成可能。

而最能夠讓女人反目成仇的事，占據排行榜第一名的，除了男人以外，還是男人。

吉娜的前男友是空降到業務部當經理的凱文。當時吉娜以最快的速度把到了凱文，談起了轟轟烈烈的辦公室戀情。凱文是個非常穩重又幽默的男人，穿著有品味，行為舉止也非常紳士。我非常有自知之明，這麼優秀的男人，只適合用來欣賞。如果要交往，要嘛我的神經要比我的小腿還粗，要嘛就是我的心臟要比我的臉還大顆，但很可惜在我身上以上皆非，所以這樣的男人不適合我。

題外話，女人心裡都知道自己適合怎樣的人，但通常都會愛上最不適合自己的人，談一段轟轟烈烈又無疾而終的戀愛，再感嘆自己情路不順，一整個鬼打牆

而這樣的男人如果有一個很愛吃醋的女友，所有女人就最好離他再更遠一點，差不多三千五百公尺那麼遠，不然就是會倒大楣。感謝我爸媽的各自再婚，讓我學會了如何察顏觀色，吉娜幾乎把全公司女同事的醋都吃遍了，除了我以外。而最讓吉娜火大的就是安婷了。

安婷非常做她自己，當全公司女同事都知道要保護自己遠離凱文時，安婷依然和凱文有說有笑，搞得吉娜每次一看到就把氣出在我們身上。對安婷來說，她根本沒有想那麼多，她覺得同事之間聊天很正常，更何況大家工作上都有往來。但對吉娜來說，她覺得安婷就是個想勾引凱文的婊子。

女人最大的幻覺，就是覺得自己的男人棒得不得了，身旁的異性都好像對自己的男人有企圖。

雖然凱文看起來滿可口的，但吉娜真的是太多慮了。

因為安婷的關係，吉娜常和凱文吵架，然後倒楣的都是我。最後凱文受不了，和吉娜分手，請調到中部分公司。從此之後，吉娜就常說安婷的壞話，還動不動找我的麻煩，只因為我和安婷感情比較好。

一個三十八歲，事業有成，月收入高，有房有車又獨立的女強人，在感情上就是這麼幼稚。有件事我真的很想告訴每一位男士，請他們拿筆抄下來，每天好好的讀個十八次：女人不管到了幾歲，不管她看起來有多堅強，內心永遠住著一個十五歲的少女。

每次吉娜因為安婷找我麻煩，我就會去對安婷發脾氣。然後安婷就會一臉無辜，伸手撥著她風騷的長捲髮對我說：「干我屁事啊。」對，她就是這麼令女人想握緊拳頭，但令男人血脈賁張的白目女王。

「被叛逆之王稱讚叛逆，感覺還不賴。」我回答安婷。

她對我嫵媚的笑了笑，「不用客氣，妳也知道我平常最愛做善事了，扶老太太過馬路啊，撿街上的垃圾啊……」

「搶別人男友啊……」我接著說。

安婷用她的大眼睛瞪了我一下，以非常大聲的氣音說：「莫子晨，妳不要污辱我喔。我謝安婷從來沒有搶過別人的男人，是那些男人自己靠過來的，那些女人要感謝我，是我讓她們認清自己男人的樣子好嗎？」

我著急的用手肘頂了頂她的手臂，「好啦，小聲一點。」偷瞄了一眼，總經理和吉娜正看著我和安婷。看到吉娜一臉便祕的表情，我知道我等一下又要被唸了。

「安婷，有什麼問題嗎？」總經理對安婷說。

「沒有，我只是覺得每次開會都很沒有效率，只說要開會，也不說開會的目的是什麼。總經理要不要直接宣布重要事項，讓大家知道重點之後，各自解散去工作，還有一堆工作等著我處理耶。」

是的，這就是謝安婷，想說什麼就說什麼。總經理雖然對安婷有些不滿，但安婷的公關能力非常強，上回天母店的客訴鬧上了電視新聞，她用她的手腕和人脈，化危機為轉機，讓天母店的業績不但沒掉下來，還增加了百分之二十。

我們公司是代理國外珠寶品牌的，安婷是公關部主任，吉娜是行銷部主任，而我是行銷部組長。原本公關部有缺人，我想請調到公關部，可是謝安婷非常不客氣的拒絕收留我。因為她覺得我自尊心太高，又不會說好聽話，不適合在公關部。於是我只好繼續留在行銷部，接受吉娜的摧殘。

總經理的表情看起來有點不爽，還是假笑著把一些重要事項宣布完畢，讓我們散會，雖然那些重要事項在我聽起來一點都不重要。不過要不是安婷的敢言，這個會可能要漫無目的一直開到下午，然後什麼事都沒有做。

散會後，我提醒安婷，「妳講話真的不要那麼直接好嗎？總經理臉超臭的。」

她一副無所謂的態度，用著超級名模生死鬥節目中模特兒的站姿，慵懶的對我說：「本來就是啊，總經理只是想看人家怕他的樣子，每次開會都在浪費時間。我很忙耶，不然總經理來做我的工作，我去坐在他的位置玩接龍？」

我就是笨蛋才會跟謝安婷說這件事，她天不怕地不怕的人，我是在幫她擔心什麼，我應該先擔心我自己。是的，下一秒，小月跑到我面前對我說：「子晨姊，吉娜姊請妳去她辦公室一趟。」

安婷聽到小月的話之後，皺了皺她的眉頭，告訴小月，「胡小月，妳絕對不可以叫我安婷姊，妳可以叫我婷，或Anna，但加個姊字我可是不會接受的。亂叫的話，我一定會去搶妳男友。」

小月嚇得倒抽一口冷氣。

「欺負小孩很好玩？」我說。

小月才二十一歲，大學夜間部都還沒有畢業，正是分不清什麼是真話什麼是假話的年紀，如果她把這句話當真，我晚上又都不用睡了。

安婷笑了笑，摸摸小月的頭，對著我說：「滿好玩的。」我都還來不及再嗆她，她就踩著她的高跟鞋，發出吵死人的聲音離開了。

準備要被吉娜唸的時候，小月拉住我，給了我一顆巧克力，「子晨姊，我們和好了，沒事了。謝謝妳昨天聽我說，然後，我要去努力工作報答妳了，」

我看著小月的背影，深深覺得，這麼可愛的女孩應該值得被好好對待。和好之後，就真的沒事了嗎？在我過去的經驗來看，「沒事了」似乎都是安慰自己最好的說法，好讓自己繼續在這段感情裡沉浮。

我忍不住笑出來，現在的我都快自顧不暇了，居然還有心情去擔心別人的愛情。

我搖了搖頭，回過神，準備挨罵去。

一走進吉娜的辦公室，門都還沒有關上，她就開始連珠砲的轟我。先是唸今天遲到的事，再翻出我三年前的第一次遲到紀錄。來公司六年也不過就遲到兩次，被她唸得好像我讓公司損失了上億一樣。我當然不是笨蛋，她就是想找我麻煩，不管我講再多都沒有用，所以我通常都是呈現左耳進右耳出的放空狀態。

「我不是說今天我一定要看到情人節的行銷企畫嗎？還有男性精品市場的數據分析，昨天就應該要給我了，妳到底在幹麼？」吉娜很生氣的對著我吼。

每次她一這樣胡亂失控，我就會覺得凱文跟她分手絕對是他上輩子燒了好香。

我指了指桌上的那份被一堆雜誌壓在最下面，多達一百五十頁的分析報告，昨天晚上就放到她桌上了。我忍不住羨慕當上主管的好處，就是把所有的事都丟給下屬做，她只要看雜誌就好。

吉娜從一堆雜誌裡找出那份分析報告，都還沒有開口，我就先下手為強，「昨天晚上我加班到一點多，情人節企畫已經 mail 到您信箱了，可能您早上還沒有開電腦收 mail，所以沒看到。」

「出去。」吉娜冷冷的說。

「是，經理。」我微笑的面對她的臭臉，然後轉身離開。

雖然吉娜經常公私不分，但太了解她的個性了，所以我不會生她的氣，甚至有時候我還滿感謝她的，從我還是菜鳥時，她就帶著我熟悉所有公司事務。工作量大，再加上要應付她的情緒化，我想，只要我能做好這份工作，我不管到哪間公司，都可以做得很好。

屁股都還沒有坐到位置上，我就接到了媽媽打來公司的電話，「怎麼不接手機呢？」

媽媽問。

「剛才在忙，沒有聽到。」我邊回答邊從包包裡撈出手機，隨手一滑，有十通未接來電，還有一堆訊息。

「怎麼忙成這樣，有沒有好好吃飯啊？」媽媽依然是媽媽，就像十幾年前還沒和爸爸離婚的媽媽一樣溫柔。但當她選擇離開我，和另一個男人結婚還生了小孩的時候，我身上雖然仍流著她的血，但我和她的距離已經變得好遙遠。

「有，媽，沒事的話，我要先忙囉！」我說。

「晚上要不要過來吃飯？昨天妳叔叔去釣魚，還買了一堆海鮮回來，妳不是最喜歡吃螃蟹了？媽晚上想煮海鮮大餐，幫妳補一補。」其實媽媽再婚的許叔叔對我很好，但坐在那張餐桌上吃飯，我越努力的想融入那天倫之樂，就越像個局外人。

「不了，我今天晚上可能還要加班。媽妳多吃點就好。」我真心覺得謝安婷根本錯看我，我超級會講話的好嗎？

媽媽在電話那頭嘆了口氣，「媽都快兩個月沒有看到妳了，妳忙吧，有空來吃飯，或是媽去你們公司找妳吃飯也可以啊！」

「好，知道了，我會再找時間。媽，我先忙囉！」說完，我掛掉電話時，發現謝安婷正風情萬種的靠在我的辦公桌旁，雙手抱胸看著我。

「我對妳沒意思，收起妳的電，不用對我放。」我邊打開電腦邊說，打算繼續完成上半年的行銷業務成果分析報告。

安婷笑了笑，「女人就是要隨時隨地充滿電力，因為妳永遠不知道妳下一秒會遇到誰。」說完，她突然用力拍了我的背好大一下，其他同事都看了過來，我痛得瞪向安婷。

「講過幾百次了，叫妳不要駝背。胸部都那麼小了，還下垂的話，莫子晨，妳人生就結束了！」謝安婷沒有去當教官實在太可惜了，她永遠都在糾正我走路的姿勢、穿衣服的配色、包包的款式、頭髮的造型。只要我一個鬆懈就會被她嫌個半死，她隨便一句話，就可以讓正常的人患憂鬱症。

我用力挺起胸，看了安婷一眼，她很滿意的點點頭說：「妳媽又打來說想女兒啦？」

我點了點頭。

「奇怪耶，妳是張曼玉嗎？妳媽要見妳還要三催四請，是不是要她先去加入妳的粉絲俱樂部？妳是在大牌什麼？妳媽也不過是嫁給別人，找到她真正的幸福，是哪裡對不起妳了？妳再這樣不想談戀愛，不和家人親近，妳以後坐輪椅時誰要推妳去曬太陽？」

好想知道有誰的嘴能臭過謝安婷。

「妳很煩耶！我不會叫妳幫我推好嗎？我要工作了，妳很閒是不是，幫我打報告啊！」我不爽的回應她。

「我就算有時間也是去約會，幹麼幫妳打報告啊？」說完，她就甩著她的波浪長髮離開了。

可惡，老天爺真的是很不公平，怎麼可以讓一個女人美成這樣，連頭髮都這麼亮，身上沒有半點贅肉，還比我高上十五公分。我看著她美麗的背影，原本想詛咒她，但又不知不覺欣賞起她。

我羨慕安婷，因為她從不為誰傷心，她對任何人總是可以這麼灑脫。我一直記得，我上次失戀時她告訴我，「沒有人有資格讓妳傷心，除非妳給了他那樣做的權利。」

謝安婷總是不給任何一個人權利，而我只要愛上了一個人，就什麼都給對方，然後再被傷得體無完膚。為什麼老天爺給謝安婷這種超能力，卻什麼都不給我？

才剛打開 word 檔，手機又開始震動起來。我按下接聽鍵，很不客氣的回應打電話來的那個人，「幹麼？我現在很忙，有事快點說。」

「我媽做了一些小菜，我晚上拿過去，妳會在家嗎？」周斯理在電話那頭問著。

說起來，周斯理應該要算是我哥。在我大學時，單身了很久的爸爸遇到美宜阿姨，兩個人決定結婚共組家庭，於是美宜阿姨帶著兒子周斯理和女兒周詩采來到了我們家一起生活。不過，灰姑娘的悲慘情節並沒有在我身上發生，美宜阿姨疼我更甚斯理和詩采，導致詩采很常找我麻煩。

現在想想，這世界上愛找我麻煩的人還真不少。

大學畢業開始工作後，我很堅持要搬出來自己住。決定獨立生活這件事讓我和爸爸的關係變得很差。爸爸覺得我在賭氣，事實上我真的沒有，我很感謝美宜阿姨對爸爸的照顧和陪伴，但對我來說，家就是只有我的爸爸和媽媽，哪一種組合都無法取代。

安婷常覺得我很固執，我只想說，家對每個人的意義都不一樣。

當爸媽選擇結束，分別找到各自的未來時，我的家就消失了。現在那是爸爸的家，還有媽媽的家，而那兩個家都不是我的家，我在那兩個家裡總是感到不便、感到尷尬、感到不自在。

我必須說，我喜歡許叔叔，也喜歡美宜阿姨，我可以像朋友那樣和他們相處，但要完全把他們當成家人，我想我還需要一點時間，又或者，不只是需要一點時間而已。

「我不一定幾點到家，反正你有我家鑰匙，你自己開門。」我說。

「知道了。」周斯理說完就馬上掛掉電話。

我這個關係很遠的哥哥，是個知名的室內設計師，和建築師男友麥克一起開了間建築事務所。對，我哥是gay，當我發現他從不交女朋友，又每天和麥克混在一起時，我無數次的告訴他，歡迎他對我出櫃，因為我無條件支持他。

但他總是一臉不屑的看著我說：「誰稀罕妳支持？」一整個不識好歹，我唯一能為他做的，就是對大家保密。

周斯理很有才華，得過很多設計獎，還賺了不少錢。家裡重新改建的費用都是他出的，我只負責買了幾個垃圾桶。不過對我來說這些都不是重點，我最欣賞他的一點，就是他非常識相，而且不會跟我囉嗦。

我很滿意的放下手機時，電話又來了。我想今天大家都說好了，想害我晚上再繼續加班吧。

我接起電話，從大學就是我好姊妹的念華，要約我和她交往八年的男友一起去吃飯。

「晚上不行耶，我要去上重訓課。」我拒絕了念華。明明一直以來都吃一樣分量的東西，三十歲之前都不會胖，過了三十歲小腹就硬生生多了一圈肉，都不知道它們是從哪裡來的，而且趕都趕不走。

「妳又不胖，幹麼還花錢去上那種課。」念華本人就是根竹竿，她可以不用上健身房，但我不是，我個子小，不小心胖了一點，就是哆啦A夢。是哆啦A夢也就算了，重點是我沒有百寶袋，這樣太不划算了。

「對了，晚上周斯理會拿小菜過來，妳明天來跟我拿，帶回去吃。」我對念華說。

「子晨，妳不要這樣啦，那好歹也是美宜阿姨的心意，而且阿理還專程拿過去，妳真的很不懂他們的好意耶。」念華又唸了我一頓。

我就是知道那是美宜阿姨的心意，才會請念華幫我帶回去吃。念華會自己下廚，而且還有男友阿凱幫忙吃。但我不會下廚，還常加班，美宜阿姨做的小菜老是被我放到壞掉。我知道我搬出來住讓美宜阿姨心裡很愧疚，所以我不能再浪費她幫我做的小菜。

但大家都誤會我了，而我也懶得再解釋，他們又不是我，哪是三句解釋就可以理解我的立場。這是我的人生，我其實並不在意別人能不能夠理解我，能不能理解是他們的事，不是我的事。

或許，就像安婷說的，我可能比她還叛逆，只是我自己還不知道。

結束了和念華的對話，我總算可以開始工作。明明很不愛工作卻不得不工作的我，接下來的時間都在耗在報告書上，一直到晚上七點鐘才關掉電腦，帶著我的運動包包準備去運動。

經過謝安婷的辦公室，她正在補妝，不知道又是哪一個男人要被開發了。我對她說了聲拜拜，她卻用全公司都聽得到的音量對著我喊，「莫子晨，陰陽失調光靠運動是沒有用的！」

我回頭給了她凶狠的一眼，謝安婷坐在位置上笑得像瘋掉一樣，名副其實的瘋女人。

到了健身房，我快速的換好衣服，找了我的教練艾咪。我確定要上重訓課時，健身房顧問跟我推薦了幾個教練，我快速瀏覽過一次名字和相片後，就馬上決定是艾咪了。

不要問我為什麼，就只有兩個字，叫做「順眼」。

起初的五堂課，艾咪話不多，幫我做了幾項測試，很專業的告訴我，接下來她會怎麼訓練我。她不像其他教練會不停的跟人聊天，她只是不停的訓練我。我們之間有一種很微妙的平衡，我們都在測試彼此的底限。

「再十五下。」艾咪說，我點頭。

然後拚了命再做十五下。

「還可以嗎？」艾咪質疑，我點頭。

然後抱著看不到明天太陽的心理準備，再逼自己做十五下。

「應該沒辦法了吧！」艾咪再次質疑。

「可以！」我拿起壺鈴再做十五下。

我其實做到很想死，每做一下，髒話幾乎都要飆出來，但不知道為什麼，我就是不想對艾咪說出「我不行了」四個字。

就這樣，到了最後我完全撐不下去，生氣的把壺鈴往地上一丟，想對艾咪說句老娘不做了，結果還是把話吞了下來，很不服氣的看著艾咪。她只對我笑了笑說：「妳真的是我看過最會撐的學員。」

當然，我人生裡的每一段爛感情都靠我在撐。

從那次之後，我和艾咪才開始有更多的對話。我才知道她已婚，生了兩個兒子，我才知道她老公的名字和我的某任男友一樣，我才知道原來她老公就是我初戀情人。

我實在不想再說地球真的很小這個老梗，但地球就是這麼小。

陳建華，我高中的同班同學，當初他是風靡全校的籃球隊隊長。我們在一起之後，他每天都還是會收到情書，而我則是每天都會收到恐嚇信。高中畢業後，他到美國讀書，我們維持了一年多的遠距離戀愛，後來他移情別戀，和一樣是留學生的日本女孩在一起。被陳建華甩了之後，我不吃不喝，哭了一整年。

我很誠實告訴艾咪，她老公是我的初戀情人，後來因為遠距離而分手。艾咪給了我一個大大的擁抱，對我說了聲「恭喜妳」。我完全不懂她在幹麼，直到艾咪約我去她家喝杯茶，我看到了陳建華，才完全明白艾咪是如何真心誠意的祝福我。

那個我印象裡意氣風發的陳建華帥氣的臉龐變了，烏黑的頭髮變了，精實的身材變了。我知道歲月本來就會毫不客氣的摧殘我們的外表，所以我每週運動五天，每星期要去做一次臉，每個月要上一次 spa。

年紀輕的時候，努力的想要長大，但長大之後，又要花上幾倍的力氣讓自己不要變老。人就是這樣，總是不知道在急什麼。

不想變老，其實某種程度說來也是叛逆。

那時候會喜歡上陳建華，當然是很膚淺的理由，因為他帥、因為他在學校很有名。那一開始的喜歡，算是一種崇拜，而真的讓我愛上他的原因，是他的個性。

他不多話，總是帶著淺淺的微笑，很體貼又很有耐心。但十幾年後的他，個性完全不一樣了，吃一頓飯的時間，都在碎唸艾咪不會做家事，小孩很吵很難帶，三句話不離對社會的不滿，五句話不離對人生的失望。他才三十二歲，卻好像活了一輩子。

「妳為什麼一直單身，不會還在等我吧！」陳建華個性大轉變就算了，還產生很大的幻覺。我一句話都沒有說，艾咪就幫我翻了個大白眼。

現在只要一上重訓課，我在努力練肌肉，艾咪就努力發洩她的情緒。不知道為什麼，我總是對艾咪有一股很強烈的憐惜感。可能是因為我知道原本的陳建華有多迷人，但她現在擁有的陳建華，非常的婆婆媽媽。

「我真的快被他氣死了。」艾咪咬牙切齒的說。

「怎麼了？」我問。

「阿寶才兩歲，吃東西又很慢，結果他急著去做自己的事，給我餵超快的，害得阿寶昨天吐了好幾次！來，挺胸。」艾咪邊說邊幫我矯正了姿勢。

我笑了笑，沒說什麼，艾咪接著說：「當初明明就有另一個不錯的對象在追我，我怎麼就挑到陳建華？」

很多事，如果沒有親身經歷過，怎麼會知道是對還是錯。對我來說，我從不覺得什麼是對的人，又或者什麼是錯的人。不管對錯，那些人都是我曾經付出時間和愛的，他們都一樣，在我的人生留下了某些記憶和痕跡。

我曾經想過，如果我沒有和那些與我相愛過的人分手，如果我們繼續為彼此的感情堅持下去，會怎麼樣？會比現在單身的自己更好嗎？更幸福嗎？更快樂嗎？

我不知道，因為這是一個沒有答案的問題。

以前覺得分手是很痛苦的事，可是再遇到舊情人時，總是會發現，原來現在的自己才是最好的狀態。因為一段感情的重創，都在不斷的幫自己升級。在這樣的磨練下，讓自己如此不著痕跡的改變，每當靜下來看，才會知道現在的自己如此強大。

「因為妳比較愛他啊！」要讓女人心甘情願接受愛一個人的後果，也就只有愛了。

艾咪笑了笑，無奈的點點頭。我們其實都很清楚，只要夠愛，就算對方再糟糕，我們都有辦法說服自己繼續愛下去。當然我相信陳建華沒有那麼糟糕，雖然他很婆媽又愛唸，但一回家會幫忙艾咪做家事；雖然他現在一點都不帥，但能夠給人安心的感覺。活到這把年紀，我們不是不相信有白馬王子，而是明白了，白馬王子也會挖鼻孔和放屁。

這世界上，從沒有人是完美的。

「子晨，我可以問妳一件事嗎？」

我看著艾咪一臉想知道又不敢問的表情，馬上猜出她大概想問我什麼。我深呼吸一口氣，準備拿出千篇一律的說詞，對艾咪點了點頭，「問啊。」

「妳條件又不差，為什麼不交男朋友啊？」艾咪很小心的問。

單身女人最常被問到的問題，就是：妳為什麼不交男朋友。老實說，誰不希望無聊的時候有一個人可以陪伴？誰不希望冷的時候有一個人可以擁抱？誰不希望無助的時候有一個人可以摸摸妳的頭，告訴妳「什麼事都不用擔心，有我在」。

哪個女人不希望？

說不希望的，要不是在騙別人，就是在騙自己。沒有任何一個人不需要被愛，我也需要被愛，但歷經幾場戀愛，我發現自己沒有被愛的運氣。在每一段感情裡面，我總是放縱的投入所有，想把自己的愛全都給對方，所以每一段感情結束之後，我總是滿身傷，筋疲力盡。

久了，我不想再去愛人。我不是怕失戀，因為我內心的十五歲少女仍然保有對愛情的渴望。但我覺得用力的去愛一個人好累，所以我讓自己單身了三年，這三年來，我把愛男人的力氣先拿來好好愛我自己。

最後，單身越久，就越不想談戀愛。不是怕痛，而是怕累；不是怕傷心，而是怕麻煩。

當然，我沒辦法在每個人問我為什麼不交男朋友的時候，把我內心所有的感嘆與剖白仔細說明一次。我怕麻煩，就像怕談戀愛麻煩一樣，所以對外的統一說詞就是，「我覺得單身也很好啊，去哪都自由自在。」我笑著回答艾咪。

她認同的點了點頭，「也是啦，像我這樣，生了小孩，偶爾要跟朋友去吃頓飯都覺得很麻煩。真好，我好懷念單身的日子。」

我笑了笑，沒說什麼，反正人總愛羨慕別人有而自己沒有的，我也羨慕艾咪的C罩杯和長腿。

我運動完，艾咪也剛好要下班。她問我要不要去她家喝點東西，我拒絕了，因為我怕陳建華又產生幻覺，「莫子晨這麼常來我家，難道是對我餘情未了？」為了避免他想太多而要面臨住院觀察的可能，我還是乖乖回家睡覺比較好。

和艾咪道了再見後，我開著還有十五期分期付款的愛車小珍珠，回到我還有一百五十六期分期付款的愛屋，它叫莫爽爽。獨立就是這樣，有扛不完的經濟壓力，每天都想甩辭職信到吉娜臉上，但為了小珍珠和莫爽爽，只能吞下。

雖然很辛苦，但有屬於自己的天堂，我覺得很安心，也非常滿足。

一回到家，發現客廳是亮著的。我把包包往裡頭的沙發一丟，脫掉球鞋往鞋櫃裡一塞，很直覺的喊著，「周斯理，你在幹麼？」

周斯理穿著粉紫色碎花圍裙，拿著螺絲起子，走到我面前，「啊，妳回來了？」

「你在幹麼？」真是佩服我的好品味，這件圍裙穿在周斯理身上真的好適合。

「妳廚房櫃子有螺絲鬆脫，我就順便全都檢查一次。而且我上星期不是才幫妳換好浴室的水龍頭，怎麼又壞了？陽台的燈也在那裡一閃一閃的，也不叫人來修。」

「喔。」我很不客氣的直接倒在沙發上，然後從包包裡摸出我的手機，開始滑著facebook。

「喔什麼喔，我跟妳說的妳有沒有聽到？」周斯理有點火大的看著我說。

「有，但這不是你的工作嗎？爽爽是你裝修設計的耶，有什麼問題當然是你要來搞定啊。你不用跟我說爽爽哪裡有問題，你直接處理就好啦！」當初買房子時，是周斯理陪我一間一間看，他送我最大的禮物，就是免費的室內設計和裝潢，那是我第一次覺得有這個哥哥真好。

「對，什麼都丟給我，妳爽爽過就好。」

「對。」這就是我把我的小屋取名莫爽爽的原因，我就是要把日子過爽爽啊！

周斯理一臉拿我沒辦法的表情，我回他一個超級燦爛的笑容。他看著，卻回我了一句，「笑屁啊妳。」

我先狠狠瞪了他一眼。這時肚子突然叫了一聲，我再次對周斯理微笑，用我最溫柔可愛的聲音，很不爭氣的說：「哥，我肚子餓了。」

周斯理「嘖」了一聲，轉身回到廚房。我很開心的從沙發上跳下來，回房間換衣服，因為我知道，當我從房間出來時就有東西可以吃了。

換好衣服，我從櫃子裡拿出一個盒子，從房間走了出去，周斯理剛好端著煮好的東西放在客廳的桌上。這就是周斯理的效率，我很滿意。當我坐下時，一碗盛好的海鮮粥也推到我面前，還有幾道美宜阿姨做好的小菜，「吃太快小心燙死妳！」周斯理很不客氣的叮嚀著。

「你那麼凶，麥克到底愛你什麼啊？」

他瞪了我一眼，「吃妳的粥。」

看在莫爽爽的分上，我不跟周斯理計較。我把盒子丟到他腿上，他看了看盒子問我，「這什麼東西啊？」

「後天你生日啊，我那天要跟念華去吃飯不回家，所以禮物先給你。」我邊吃邊回答著，伸手打了周斯理兩下，這粥真的是好吃死了。

「妳又不回家，我媽又要難過了。」周斯理看著我說，表情閃過一些失落。

我推了推他，「不會啦，我會再找時間回去啊。你快打開看看，我精心幫你挑的耶。」

周斯理一臉落寞的打開盒子，看到我送他的手鍊時，眼睛都亮了起來，笑得有些燦爛，「很好看。」

「是不是，我第一眼看到它，就知道這是你的。黑曜石搭配純銀，簡潔俐落的設計，我二話不說就刷卡買下來，瞧瞧我這妹妹對你多好！」真的不是我在自誇，我挑禮物的品味，還沒有被安婷打槍過。

周斯理開心的戴上之後，突然看著我，一臉狐疑的問：「這不會是你們公司的庫存品吧！」

他一說完，我馬上放下手裡的碗，把周斯理身上的圍裙扯下來，拿起他的包包，打開門往門外一丟，再把他推出去，用力的關上門，對著門外吼，「周斯理，你這個月都不要來我家，我要跟你斷絕兄妹關係。」

可惡的傢伙，那條手鍊可是我花了將近半個月薪水買的。

果然男人是寵不得的。

# 第二章

女人的謊言：
任何一個單身的女人，說她不寂寞，那都是騙人的。

這個世界上，一定有一個人是你可以隨時對他任性，對他發脾氣的，那個人會是最適合你，也會是最愛你的人。如果你還沒有遇到，請你用心看看身旁，那個人或許就在不遠處。

胡小月唸著女性雜誌上的文章，一臉陶醉的跟我們分享，好像把自己放入那樣的情節裡，然後那個人就在旁邊一樣。但是我想要提醒她，坐在她後方的，是一位七十幾歲的老先生。

謝安婷放下叉子，用紙巾擦了擦嘴，抽走小月手上的雜誌，「胡小月，想要懂怎麼駕馭男人，第一步就是不要再看這種沒有營養的雜誌，我遇到的任何一個男人，都可以讓我隨便任性。」

我邊吃著義大利肉丸，邊用力點點頭。

「安婷姊……」胡小月第三個字才剛出聲一點點，馬上被安婷的眼神射殺。她隨即改口，「Anna，拜託教我怎麼駕馭男人。」

謝安婷笑了笑，對胡小月說：「換個男人。」

胡小月不解的問：「為什麼？」

「因為妳現在這個男朋友，妳駕馭不了。」安婷喝了口咖啡，就像在說外面天氣真好一樣神色自若，完全不管這句話打在小月心裡，她下午不知道還有沒有心情上班。

安婷繼續說：「女人啊，會為愛痛苦沒有別的原因，就是選了一個自己駕馭不了的男人來愛，才會在那裡難過。最好的方式，就是換個聽妳話的男人，可以讓妳隨便糟蹋的男人。」

「胡小月，妳不要聽謝安婷在那裡亂說，妳下午還要幫我統計各分店這個月促銷期間的業績，還有上星期做的市場調查分析也要一起給我。」我看小月漸漸黯淡的臉，馬上提醒她吃完飯後還有一堆事要做。

但似乎已經來不及了，胡小月一臉好像世界末日的神情，「可是我很愛他，我不想換男朋友，他只是比較不喜歡被管，比較喜歡自由，平常的時候對我也還算可以……」

謝安婷聳了聳肩，一派輕鬆的微笑，「Fine，那妳就繼續被他糟蹋，妳爽就好，又不干我的事。」接著繼續吃著她的義大利麵，胡小月卻放下叉子開始放空。

我馬上撞了一下謝安婷的手肘，在她耳邊小聲說：「如果小月半夜又打電話來哭訴，妳就死定了。沒事講這個幹麼？」

謝安婷完全不在乎，「講這個怎麼樣了嗎？本來就是事實不是嗎？小月，我以過來人的身分告訴妳，快點分手，妳才有多一點機會可以享受幸福。不要浪費時間在不對的人身上……」

小月突然站起身，眼神空洞的說：「我吃飽了，先回公司了。」然後拖著沉重的腳步離開。

「妳看妳，她麵只吃了三口。」我又瞪了謝安婷一眼。

「怎樣啦？我說的哪句不是事實？妳就是這樣都不告訴她實話，看看她為這個男友半夜打給妳幾次了，不適合就是不適合，如果堅持下去就可以成功，哪來那麼多離婚分手的夫妻情侶，面對現實好嗎？」我講一句，謝安婷講一百萬句。我就是說輸她，誰叫她情場女王，在她面前我也只能閉嘴，因為她說的每一句話都是對的，是真理，是可以收錄在靜思語裡面的名言。

幸好這時我的手機響了，她才閉上嘴。但我看到來電一點都不想接，謝安婷也看了一眼我的手機螢幕，對我說：「幹麼，妳哥又惹妳不爽了？」

我點點頭，手機鈴聲剛好停止。

「妳很常不爽妳哥耶，到底是妳的問題還是妳哥的問題？」

謝安婷的提問，讓我白眼翻到月球表面，「當然是他的問題啊！妳記不記得上次陪我去買了一條手鍊？」安婷點點頭，我繼續說：「我前天拿給他，結果他問那是不是我們公司的庫存，妳說他不欠罵嗎？」

安婷也用力點頭，「非常欠罵。我覺得全世界的哥哥都要去檢查眼睛，為什麼他們這麼白目？」安婷的雙胞胎哥哥也非常可怕，她曾經要介紹她哥哥和我認識，但只吃了一頓飯，我就差點胃潰瘍。

安婷的哥哥比她更嘴賤不只八百萬倍，我記得那天我穿了件白色的洋裝，安婷的哥哥一看到我先是微微抬了抬眉毛，然後對我說：「子晨，妳是黑肉底的，不要穿全身白，看起來髒髒的。」

居然對一個每天吃維他命Ｃ，喝一千五百ＣＣ檸檬水，還找時間去打美白針的女人說「妳黑肉底」！那頓飯我就算吃龍蝦也吃不出味道，那是謝安婷唯一一次跟我說對不起的時候。

「不過比起我哥，妳哥算對妳不錯了，以沒有血緣關係的情況來說，他對妳真的沒有話說。剛才胡小月唸的那一段，就在說妳哥可以讓妳任性造次啊！」謝安婷繼續說。

「他讓我任性是應該的吧！而且我也對他很好啊，我也會買東西給他吃……」好像只有幾次，「也會幫他忙……」幫他送過一次模型。我越講越心虛，乾脆閉嘴。

「妳怎麼不考慮跟他在一起啊？你們又沒有血緣關係。」謝安婷突然說了這一句，差點沒讓肉丸子卡在我喉嚨噎死。

「妳瘋了喔！我哥是……」gay！說好要保密的，我話趕緊收回來。謝安婷真的是想太多了，就算周斯理不是gay，我們也不可能在一起，對我來說，他就是哥哥。

她看著我，停頓了下來，「是什麼？」

「他有戀人了啦！」我說。

「是喔！有點可惜，不過妳可以等他分手。」謝安婷笑著說。

當我知道周斯理是gay時，我內心的確惋惜了幾天，為全天下女人覺得可惜。

手機鈴聲又響了，這次是美宜阿姨來電。我接了起來，嘴很甜的說：「阿姨，吃午餐了沒？」

美宜阿姨在電話那頭笑了笑，「剛吃飽，晚上要回來吃飯喔。今天是阿理生日，大家都會在家。」

「阿姨，我晚上有約了，而且禮物也拿給周斯理了，今天就不回去了。」

「這樣啊……」美宜阿姨的聲音中有掩不住的失望，讓我的心軟了一下，但又想到周斯理那個白目，心腸只好再硬起來。

「阿姨，我下星期再找時間回去，好嗎？」

「妳是不是還在生阿理的氣？他前兩天跟我說妳送他禮物，但是他亂說話，所以惹妳生氣了。都是阿姨不會教兒子，才會這樣讓妳難過，妳生阿姨的氣就好，不要生阿理的氣了，今天他生日，一定會很希望大家都在……」美宜阿姨這招真的超強，我最受不了這種攻勢。

不等美宜阿姨說完，我馬上開口，「阿姨，妳不要這樣說，兄妹之間本來就是會吵吵鬧鬧啊，我回去我回去，我會回去……」

「真的嗎？早點回來，阿姨煮了好大一鍋海鮮湯。」我應了聲好，掛掉電話，我真的是完全吃軟不吃硬。

謝安婷看我掛電話，笑了笑說：「嘖，妳又輸了。」

我嘆了口氣，把氣出在安婷身上，「吃妳的麵啦！」想到晚上回家要面對生悶氣好幾年的爸爸就算了，再想到那個什麼都要跟我比的周詩采，我就覺得煩躁。絕對不是我脾氣不好，而是人生有太多值得令人抓狂的事。

吃完午餐回到公司，我看到小月的眼眶紅紅的。我就知道，實話總是很難令人承受，但安婷說的也沒有錯，我只能當作沒有看到，要小月回到工作裡。看到她稚嫩的調整自己在工作和私人間的情緒，其實很殘酷，但我幫不了她，因為這是長大要走的路之一，沒有人可以代替她走。

一整個下午，我盡量克制不要罵頻頻出錯的小月。我知道她腦子裡都在想自己和男友適不適合，我明白那種無助，所以這是我對小月最大的溫柔。好不容易熬到下班，小月用螞蟻般的聲音問我，「子晨姊，我可以先下班嗎？」

可以，當然可以。我趕緊點頭，再讓小月繼續工作下去，光是要我補救的地方，就足以讓我加班到凌晨了。我知道她現在有多歸心似箭，這種對自己戀情不安的心情，唯一能解決的辦法就是見到對方，而對方只要給她一個擁抱，那今天整個下午的心煩意亂就可以馬上得到救贖，這是戀愛中女人最好的處方。

小月離開後，我先打了電話給念華，要取消今晚吃飯的約定。結果她手機打不通，我只好傳訊息，告訴她晚上我得回家一趟。接下來的一個小時，我都在修改小月做錯的報表。我這種主管真的是提著燈籠，不，拿著手電筒都找不到。

進度差最後一點點就要完成時，周斯理打了公司電話過來。一聽到他的聲音，我馬上從專業親切變得非常莫子晨，聲音低八度，「幹麼？」

「我媽說妳今天要回家，叫我來載妳。」

「我有小珍珠，不用麻煩您這位大哥。」想到他那麼白目，我火氣就很難消。

周斯理清了清喉嚨，「但妳的小珍珠上，沒有榛果巧克力冰淇淋。」

「是巷子裡那間的？」聽到榛果巧克力，我對人生又重新燃起熱情。

「嗯。」

「等我五分鐘！」我用最快的速度存檔關機穿鞋拿包，衝到公司門口，周斯理的小車就停在前面。我衝上車坐定的那一秒，他把冰淇淋和小匙子遞到我面前，我很滿意的接過來，挖了一口吃進嘴裡，簡直天堂。

周斯理一臉嫌棄的看著我，「妳有沒有這麼誇張？」

「你真的不懂，吃對單身女人的寂寞心靈是多大的撫慰。」我鄙視周斯理，這間我最愛的巧克力冰淇淋，不知道陪伴我度過多少孤單的夜。

「吃慢一點吃少一點，等等就要吃飯了。」周斯理又開始唸了。好在我能理解他是個女人，不然一個未婚男人這樣愛唸，真的會娶不到老婆。

「好啦。」我隨口回應他，但也在回到家前狠狠嗑完兩盒冰淇淋。

到家後，周斯理邊停車又邊在唸，「沒看過女生這樣吃冰的，整整兩大盒耶，妳是餓死鬼投胎嗎？下次不要打電話來說生理痛，我不會理妳，妳自己去看醫生。」

我瞪著他，「奇怪耶，不就是你買給我吃的，我吃完了你又要唸，那你不會不要買嗎？不會只買一盒就好嗎？」買給人家吃，還嫌人家吃太多，這是什麼心態？

周斯理看著我，一句話都反駁不了。我很得意的對他笑了笑，兩人一起走進客廳，一看到爸爸，我的笑容馬上消失，因為他還是一樣臭臉，從我搬出去的那天臭到現在。

「爸，我回來了。」我扯著笑容和爸爸打了招呼。

他面無表情的點點頭，繼續看他的大樂透攻略，美宜阿姨看到我，很開心的走過來牽起我的手，接著再上下打量我，一臉擔憂的看著我說：「妳又瘦了，是不是三餐都沒有正常在吃飯？」

「媽，她剛才在車上吃了兩大盒冰淇淋，怎麼可能瘦？」周斯理馬上打我小報告。

我也不會輸，「阿姨，那是周斯理買給我吃的。」然後我就看到美宜阿姨伸出她的手，一掌一掌的拍在周斯理的身上，「怎麼可以讓女生吃那麼多冰！」周斯理邊躲邊閃，聽著他的叫聲，我感到非常痛快。

但我也沒有笑得太久，因為周詩采的身影緩緩飄進我的眼裡。我不得不說周詩采真的是一個很妙的人，她是鋼琴老師，所有行為舉止也都非常符合鋼琴老師的氣質，但她不能說話，她一說話就酸到聽的人牙齦痛，尤其是對我。不過我從來不曾生她的氣。

不是因為我脾氣好，只是我能夠理解，美宜阿姨的身分是我的後母，為了怕被人說閒話，美宜阿姨對我比對斯理和詩采好上幾倍。我明白美宜阿姨的心情和她想為我做的一切，我也明白詩采的感受，對她來說，我搶走了她的母愛，所以她對我的任何行為，我都可以接受。只是，這樣又引起美宜阿姨和詩采之間的戰火，這才是我搬出去最大的原因。

「妳一回來，我哥就倒楣。」詩采看著我，很不客氣的說。

我笑了笑，「我就算不回來，他也滿倒楣的。」一個堂堂得過獎的室內設計師，要幫我倒垃圾修馬桶，偶爾我無聊還來要陪我解悶。說實在的，周斯理這個哥哥沒得嫌。

周詩采斜睨了我一眼，然後轉過身。烏亮亮的頭髮在空氣裡畫出一道美麗的弧線，有氣質的女生就是佔上風，一舉一動都像在拍電影。

「周詩采，妳態度給我好一點，子晨是姊姊，妳去廚房擺碗筷。」美宜阿姨又對詩采開刀。她嘟噥了兩聲，走進廚房，她一向不把大她三歲的我放在眼裡。

我跟了進去，幫詩采擺碗筷，然後隨口跟她聊聊天，「妳那個在大學當教授的男友今天不來嗎？」

她驕傲的看了我一眼，露出得意的笑容，好像小孩考一百分跟爸媽炫耀的樣子，「什麼大學教授，早換了好嗎？現在是律師，三十五歲，一百八十公分，長得很像彭于晏，沒有不良嗜好，喜歡舞台劇，而且非常黏我。真羨慕妳還是單身。」

我大笑了幾聲，接著馬上很冷淡的說：「那妳分手啊！」少在那裡羨慕單身，直接分手就單身了，根本不用羨慕妳。

詩采吃了敗仗，碗筷放得很用力，結果又吃了美宜阿姨一掌，「妳這孩子，叫妳做個事不甘不願，是打算把碗摔破嗎？阿志來了，在外面啦！」

詩采撫著手臂，痛得對美宜阿姨說：「媽，我都幾歲了，妳可以不要這樣動手動腳的嗎？」

「誰叫妳欠揍？」美宜阿姨接過她手上的碗筷，詩采臭著臉走了出去。

我看著美宜阿姨和詩采的互動，我好羨慕。我知道美宜阿姨對我很好，但如果可以，我也希望美宜阿姨像對斯理和詩采一樣對我，這才像是家人，但很現實的這就是我和這個家的距離。

我還沒有羨慕完，周詩采已經帶著她的男友偽彭于晏過來，打算讓我更羨慕，「喂，跟妳介紹一下，我男朋友李品志，這是……莫子晨，嗯……我姊。」周詩采講「我姊」兩個字講得很小聲，但我聽到了。

對於她這樣的介紹，我內心有一種說不出的愉悅。

我伸出手，對詩采的男友說：「你好，我是詩采的姊姊，叫我子晨就好了。」接著抬起頭看向她說很像彭于晏的男友，我只能說，愛真的是很盲目的一件事，我不是「外貌協會」的，但我必須很老實的在詩采耳邊提醒她，要記得去看眼科。

他如果長得像彭于晏，那周斯理就是裘德洛了。

還來不及等到詩采回嗆我，我就被某個人一把抱住。他在我背後笑著說：「喔，我心愛的子晨妹妹。」我笑了笑，轉身也給了麥克一個大大的擁抱。

麥克和周斯理是從高中就認識的朋友，我不知道他們什麼時候開始交往的，我只知道這些年來他們的感情一直非常好，麥克也幾乎成了我們家的一份子。我常問周斯理什麼時候要對美宜阿姨坦白，他都不理我。

「吃飯了。」周斯理拉走了麥克，讓他坐到自己身邊。我看著這一幕實在是感動萬分，這兩個人真是鶼鰈情深。

門鈴響起，美宜阿姨去開門，一分鐘後，念華跟著美宜阿姨走進來。我嚇了一跳，沒想到剛剛聯絡不上的念華竟出現在我們家。她看到我的那一刻，表情也怪怪的，但馬上笑著說：「子晨，我昨天才聽阿姨說妳不回來而已。」

我看念華如此自然的叫著美宜阿姨，她的一舉一動，在這個家裡面看起來這麼熟悉，總覺得我好像錯過了什麼。我壓下內心那股奇怪的感覺，回應念華，「今天臨時決定回來的，而且我剛聯絡妳，妳手機都不通。」

美宜阿姨打斷了我們的對話，「來來，念華，妳也好一陣子沒有來了，來，坐子晨旁邊，阿姨幫妳加副碗筷。」

好一陣子沒有來？

意思是念華之前也來過？我看著念華和其他的人互動都這麼好，更讓我滿肚子疑問。大學時期，念華是還滿常來我家玩的，沒想到我搬出去之後她也很常來我家，而且這件事是我完全不知道的。

我轉頭看念華，她迴避了我的眼神。我看到她和我爸熱絡的聊著天，這樣的念華，讓認識她十年的我覺得很陌生。

就好像看了二十幾年的哆啦A夢突然長了耳朵，很不習慣。念華也似乎不打算對我解釋什麼，不停和餐桌上其他人聊天，除了我以外。

原本覺得自己在這個家很像局外人了，託念華的福，我今天簡直像陌生人一樣。

美宜阿姨好像很怕我們吃不飽，準備十菜一湯就算了，爐子上還有梅干扣肉和麻油雞熱滾滾的在燒，「子晨，多吃一點，等等我再打包一些讓妳帶回去吃。」美宜阿姨幫我剝了蝦子放到碗裡，一邊對我說著。

我點點頭，吃了一口，轉頭過去看念華，她仍然沒有和我正眼對上，繼續和周斯理聊著他喜歡的舞台劇。

念華什麼話都沒有對我說，我突然覺得有點生氣，便一直低著頭吃飯。結果念華手機鈴聲響起，她接起電話，喊了男友阿凱的名字後，走到客廳去聽電話。我看著美宜阿姨幫爸爸舀了碗湯，還貼心的吹涼，叮嚀著有高血壓的爸爸不要吃焢肉。阿志正努力幫詩采敲著螃蟹腳，詩采像個小女人般崇拜的看著阿志，那眼神好溫柔好美。而麥克正挑出周斯理喜歡的蛤仔到他碗裡。

三對同時在我面前放閃，攻擊力真的好強，距離上次有男友幫我挾菜已經是三年多前的事了，單身三年的我，以為自己的血和肉已經完全適應單身，沒想到看見這樣的情景，心裡竟莫名的湧起一陣落寞。此時此刻，若有一個人也坐在我身旁，什麼都不用為我做，只要能緊緊握住我的手，那該有多好。

我在心裡嘆了好大一口氣，得趕緊把自己拉回來。再這樣下去，我晚上會讓自己陷入寂寞的黑洞裡，單身的女人，只要一跳進去，就要花很多時間爬出來。

我突然想到，之前公司開放員購時，我買了要送給阿姨和詩采的項鍊和耳環。我跑到客廳從包包裡拿出來，回到餐桌上，遞給阿姨和詩采，念華也剛好回座。周斯理的表情突然變了，搖著他手上的手鍊，再次質疑，「還說不是員購！」

我瞪了周斯理一眼，「你是欠揍嗎？不要就還我啊！跟你說了是我自己去買的，你耳朵要不要去通一下，是有什麼事啊你！」

被我罵完，他才心甘情願繼續吃飯，他如果不是白目，誰才是白目？

「子晨好眼光，這條手鍊超級好看，很適合阿理。」麥克對我比了個讚，我欣慰的點點頭，眼光這種事，只要有懂的人理解我，那就夠了。

美宜阿姨打開盒子，裡面是一條玫瑰金的手鍊，上次阿姨去參加周斯理的得獎派對時，我看她手上什麼戒指和手鍊都沒戴，媽媽都是這樣省給家裡，那我只好花筆錢幫她添購。

「看起來很貴耶，子晨，妳拿回去退啦！妳自己住在外面，還要付房貸車貸，這樣花錢，阿姨會捨不得。」美宜阿姨說著就要把手鍊退還給我，我馬上看了一眼周斯理。

他上道的對美宜阿姨說：「媽，子晨就是要買給妳的，妳要她拿去退，這樣就辜負她的好意了。」

美宜阿姨馬上縮回手，然後戴上手鍊。我實在不想自誇，但我真的要說，我好會挑東西，一戴上就好像有錢人的夫人。麥克也在旁邊搭腔，捧得美宜阿姨笑呵呵。

我送詩采的是一對耳環，上次回來時，她在看雜誌，對著這對耳環發呆。前幾天聽周斯理說她下個月要參加一場音樂大會，我想應該會用得到這個，而且看詩采望著這對耳環，嘴巴完全闔不起來，我想她應該是很喜歡。

但她還是不忘酸我，回過神後，把耳環收到背後，冷冷的說了一句，「員購的應該很便宜吧！」

我聳了聳肩，輕輕一笑，沒有回答。只要對方開心，我其實沒有很在乎價格，就算要我吃一個星期的白吐司，我都沒有關係。任何一種付出，只要是自己心甘情願，就什麼都不成問題。

「讓妳花這麼多錢怎可以啊？」美宜阿姨繼續說。

我才想開口，爸爸就搶先開口了，「有什麼關係，她那麼厲害，自己有家不住，硬要去外面買房子。她那麼有錢，就讓她花啊，有什麼關係啊！」

我知道爸爸在賭氣，就算我很想生氣，我也努力的不發作。周斯理看向我，示意要我冷靜，我給了他一個微笑，他才安心的點了點頭。

但爸爸好像沒有打算放過我，繼續說：「也不想想自己都幾歲了，還不打算定下來，老是在外面瘋來瘋去的，工作厲害有什麼用？有本事就快點去結婚，生個小孩，以後老了才有人養妳。」

每次一回家，就拿我單身的事唸我，我聽到很膩了。可能是我太冷靜沒有反應，更惹爸爸生氣，他邊唸我，邊指著坐在他旁邊的念華說：「妳看看人家念華，一個男友固定交往八年，哪像妳一個換過一個沒有定性，難怪現在還單身，女生要自愛……」

今天是周斯理生日，我其實不想把氣氛弄僵，但自己的爸爸不了解我，甚至把我說成這樣，我真的無法再繼續待下去。我用力的擠出最後一個微笑，對大家說：「我明天要早起，先回去了。」

我一站起身，周斯理也站起來。我看了他一下，他很上道的再緩緩坐下，今天大家是為他生日而聚在一起，他怎麼能不在現場。

我轉身走到客廳，拿了包包，離開家裡。關上門前，依稀還聽到美宜阿姨叨唸爸爸的聲音，「好不容易讓子晨回家一趟，你就一定要講話氣走她，明明沒有那個心，嘴巴偏偏這麼壞。」

我猜，我爸在讀書時期追女生時，一定是明明喜歡對方，卻又很愛欺負人家的那種死高中生。但他現在都六十好幾了，還用這種幼稚的方式來表達愛意，我怎麼好意思生他的氣。

人家都說當你日漸成熟後，脾氣會越來越好，可是我發現，我不是脾氣變好，我只是懶，對朋友懶得計較，對爸爸懶得生氣，對愛情懶得用力而已。懶得找自己麻煩的下場，就是單身三年。

當然我也不是沒有遇到不錯的對象，但想到要談戀愛我就開始累了。兩個人要重新培養感情，我要去了解有關他的一切，個性、習慣、興趣、嗜好，喜歡吃什麼、討厭什麼蔬菜，喜歡穿什麼衣服，討厭什麼顏色……還要了解他的家中成員，交友狀況，同時他也要了解我的所有事。

光是想到這裡，我想談戀愛的心情，馬上減少了百分之五十。

再想到愛上一個人時內心產生的不安全感，對彼此未來的徬徨，為了配合對方還得壓縮自己的時間，擔心自己做出對方不喜歡的行為，害怕這段感情不知道什麼時候會結束……就覺得為什麼要找自己麻煩去談一場戀愛，想談戀愛的心情，更瞬間歸零。

其實我想談戀愛，但可不可以簡單一點，方便一點，不要像一般戀愛的複雜繁瑣，不要再像過去一樣，用盡心力，得到的只有一段又一段破碎的感情，還有滿身想忘也忘不了的傷痕。

我走在路上，想著自己過去總是化為烏有的付出，今晚原本不應該感覺寂寞的，此刻竟全身充滿無力感。那些回憶不停啃噬我努力佯裝的堅強，我像是被白蟻攻略過的城牆，瞬間倒塌。

眼淚不知道在什麼時候湧上來，紅了我的眼眶。我現在唯一能做的，就只有忍住這最後一道防線，單身女子只能在屬於自己的地方流淚，這是我們最後僅有的自尊。

「子晨？」有人從後頭喚我。那聲音如此熟悉，我有一種不安的預感，卻仍在下一秒後回過頭，我恨自己為什麼要回頭。

那個我曾經最深愛的人，我曾經想要和他共度終生的人，我付出所有甚至連尊嚴都不要的那個人，無論我多愛他，卻仍然選擇放開我的手的那個人。我以為這三年我已經忘了他的一切，沒想到，時間在過，我的傷痛沒有過。

我解讀不出孫以軒的表情，我想他應該也是很後悔喊了我的名字。我們看著彼此，誰都沒有先開口，突然有個女孩後從頭勾住了他的手，笑得非常美麗燦爛，就像當初我挽著他的手時會出現的表情。

我和孫以軒在一起四年，他最常對我說的一句話就是，「莫子晨，我絕對沒有辦法再愛任何一個女人像愛妳這樣。」

那一千多個日子，我成功的被洗腦，自以為孫以軒對我的感情強大到什麼都不用害怕。但我最後輸給了他爸爸，無論我如何努力討好他父親，做個他父親眼裡的好女孩，甚至在他的家族聚會裡跪著求他父親成全我們，他父親仍然排斥我，要他快點和我分手。原本他對我堅定不移，隨著和父親爭吵的次數變多，我們之間的誤會也越來越深，最後，我提出了分手，他沒有點頭也沒有搖頭，就這麼放我離開了他的世界。

他對我說的最後一句話是，「除了妳，我不會再愛上別人了。」

我靠著這句話來療情傷，告訴自己，我們不是不愛對方，而是被現實拆散。我以為他和我一樣，靠著對彼此僅存的愛和回憶走過這幾年，我真的以為在我想念他的夜晚，他也在這個城市下的某個角落一樣的想念我。我真的以為，即使我們不再聯絡，他說的那一字一句，都還有信仰的價值。

今天我才發現我錯了，勾著他手的這個女孩，一出現就像狠狠打了我兩巴掌，原來只有我一個人還在想念這段感情。孫以軒看著我，我看著那個女孩，那個女孩看著不說話的和我孫以軒。我想，女人的直覺，讓女孩嗅到了我和孫以軒之間的不尋常，她燦爛的表情漸漸變得警戒。

但我只想告訴那個女孩，原以為三年前我失戀了，但直到今天我才算是真正的失戀，因為那個深愛我的孫以軒，已經不再愛我。而我終究守不住最後那一道防線，很孬又很狼狽的在他和她面前流下了眼淚。

我轉過身往前走，孫以軒在後頭又喊了一次我的名字，「子晨！」

如果我要瀟灑一點，我應該頭也不回的繼續往前走，但當他再叫了一次我的名字時，我的火氣整個衝上來。我轉過身，生氣的對他吼，「叫叫叫，你叫屁啊？媽的！」

孫以軒嚇了一跳，還想再說些什麼時，我直接打斷他，「你給我閉嘴，以後在路上遇到不准再叫我，你沒有資格！」不想再看他，也不想再看到那個女孩眼神的示威，我跑到馬路上，攔了輛計程車。在坐上去的那一刻，開始崩潰大哭。

計程車司機光速的把我送到家門口，收了錢後，油門直踩到底離開。我哭著走進大樓，哭著按下八樓電梯，哭著拿出鑰匙打開門，哭著脫掉我的高跟鞋，哭著從包包裡撈出手機。

剛好周斯理來電，我哭著按了拒接，然後哭著想打給念華，但又想到她的怪異行徑，讓我無法按下她的號碼。我哭著打電話給謝安婷，她沒有接。我哭著死不放棄，哭著開了一瓶、兩瓶紅酒，邊喝邊撥到第八通，我都開始茫了，她才接起電話。

「我在忙。」她說。

「我在哭。」我說。

「Shit!」她掛掉電話，但我知道十秒內她會再撥過來。我拿好面紙盒，等她的來電，五四三二一，手機螢幕一出現她的名字，鈴聲都還沒響，我就直接接了起來。

「怎麼了？」不曉得是不是我已經在茫了，謝安婷今天的聲音聽起來特別溫柔，原本眼淚已經停下，立刻又開始大哭。

「哭屁啊？人生沒有什麼好哭的好嗎？哭是能解決事情嗎？莫子晨，妳都活了三十二年了，妳還不懂這個人生真諦嗎？哭就跟尿尿一樣，只是個排泄，ＯＫ？」謝安婷又開始她的傳教，想到她完全都不會遇上我這樣的問題，我真的又羨慕又忌妒，只好把氣發在她身上。

我對她大吼，「我為什麼不能哭？我就是要哭，反正我的問題都不能解決，難道我連哭的權利都沒有嗎？孫以軒還說只會愛我，結果他現在跟別的女人在一起。我被騙了三年，我是不能哭嗎？」我哭到語無論次，不知道自己在講什麼了。

「什麼意思？妳怎麼知道？妳今天遇到他了？」謝安婷一連串的問題，我都是邊喝酒邊哭著回答。

我用手背擦著停不了的眼淚，繼續喝著第三瓶紅酒，對謝安婷說：「我是哪裡做錯了？為什麼他爸要反對我們，為什麼他說的話都是騙人的？為什麼我要一直單身，為什麼妳可以一直有那麼多男人？為什麼妳都不會傷心？為什麼我不能像妳一樣？妳告訴我啊，妳說說看啊！」

「莫子晨，妳情傷是妳自己的問題，少來這裡盧我，我還以為妳早就放下了，沒有想到妳還放在心上。妳真的超遜，妳活該這樣傷心，那是妳自己的選擇，還好意思在這裡哭，妳丟了全天下女人的臉啊妳。」謝安婷從來不會因為我心情好壞就對我手下留情。

「好，從現在開始我不要哭了，我要遊戲人間，我要開始大玩男人。妳不要阻止我，我要變成婊子，男人都愛死婊子了，我要跟妳一樣！」我對謝安婷宣告後，忍不住乾嘔了一聲。

「莫子晨，妳真的很下流，干我屁事啊？連我都罵。妳現在喝醉了，我不想跟醉鬼說話。」謝安婷嫌棄的對我說。

「給我一個男人，現在、馬上，right now！」我對著電話怒吼。

「神經病啊妳，瘋了，懶得理妳，妳現在馬上給我去睡覺，好好休息，明天妳就死定了。」謝安婷一說完就掛掉我的電話。我氣得再喝了一大口紅酒後，又撥給她。

她都還沒有說話，我就先開口，「快點，馬上叫一個男人來我家！」

「妳是發瘋喔！」謝安婷不耐煩。

「快點啊，妳男人那麼多，分一個給我啊，快一點！快一點！快一點！」我其實不知道自己在幹麼，但我壓抑這麼久的心情需要一個出口，讓我能夠脫離現在的狀況就好。

「煩死了，〇九八二四七七四七七啦，妳自己撥過去。吵死了，明天進公司，看我怎麼對付妳，再打來盧我，我一定會讓妳後悔一輩子！」謝安婷又掛我電話。

但我根本不在乎她說什麼，我只記得接下來我撥了那個號碼，唯一有印象的，是那道好聽的男人聲音，但接下來發生什麼事我全都忘了。

## 第三章

### 女人的恐懼：因為喜歡，所以才會害怕。

人很奇怪，總以為自己很了解自己，卻常常在一個轉眼，發現自己似乎從來不曾真的了解自己，面對陌生的自己時，手心微微冒汗，喉嚨微微發乾，頭腦微微發脹，心裡微微排拒這個自己不太願意承認的自己。

就像我現在一樣。

從我眼睛張開到現在，我已經在床上呆坐了兩個小時，儘管已經過了上班打卡的時間一個半小時，我也完全沒有心情去想吉娜會怎麼對付我，沒有心情去想會被扣多少薪水，我只想知道自己昨天晚上到底做了什麼事。

為什麼我衣衫不整？為什麼我床鋪凌亂？為什麼我手機裡有一組陌生的手機號碼，而通話紀錄還長達一個半小時？為什麼我的床頭櫃上有兩杯紅酒？為什麼我現在手裡有一張寫著，「好好休息，睡飽一點，Allen。」的紙條？為什麼我幾乎沒有記憶？

Allen 是誰？誰可以告訴我 Allen 是誰？我認識的親朋好友同事客戶廠商沒有一個叫 Allen 的，請問他是誰？

我氣得拿枕頭猛打自己的頭，如果知道自己發生什麼事也就算了，結果現在完全不知道自己做了什麼，有沒有違反社會善良風俗？有沒有造成什麼不可挽回的錯誤？

我的記憶，只停留在我打電話給謝安婷，但就連我跟她說了什麼，我都記不起來。

我很久沒有這樣讓自己陷入恐慌。單身女子的獨活守則，就是不讓自己陷入緊張的情境，我們有自己的時間規畫，什麼時候和朋友聚餐，什麼時候自己去看場電影，什麼時候帶自己來場旅行，什麼時候就該做什麼事，不喜歡有意外。因為孤單已經夠令人不知所措了，那在生活上就要絕對的安心。

我喜歡穩定的日子，穩定的生理時鐘，穩定的心理狀態。這種穩定是花了多大的力氣才能維持下來，卻在短短的幾個小時內被我自己破壞，我真心服了我自己，只能再賞自己一個拳頭，然後把頭埋在棉被裡開始大叫。

但就像保險套破了一樣，於事無補。

越是努力回想，頭腦就越是一片空白，這對一向自認聰明的我打擊非常大。三十幾年來的生活，被現實壓榨、在愛情裡衝撞，每天都在解決一堆大事小事瑣事人事，以為自己已經無所不能，以為自己被歲月磨練得很厲害，結果幾瓶酒下肚，就不知道把自己推進什麼樣的狀況裡。

講白話一點，就是以為自己國文可以考一百分，結果兔子的兔寫成免，最後只拿到九十九分一樣。上帝，請原諒我的驕傲，阿免。

我嘆了口氣，手機的來電震動把我逼回現實，從我剛剛陷入自己的世界到現在，小月和謝安婷已經來電不知道幾百通了。就在我深呼吸一口氣，要接安婷電話時，手機就這樣剛好沒電。

我並沒有難過，因為我知道老天的刁難從沒有少過，尤其針對單身女性。

我拖著沉重的腳步走入浴室，好好梳洗了一番，以為清醒一點就可以想起些什麼。但事實上沒有，我唯一想到的，就是等等經過公司門口那間早餐店，我要買一份豬排吐司夾蛋和一份蘿蔔糕。

昨天晚上把車留在公司，原本打算搭計程車上班，但想到都被扣錢了，還是省一點坐捷運好了。沒想到過了上班的尖峰時段，捷運還是擠滿了人，我才踏進車廂，馬上被前後包抄。

我變成豬排吐司裡的那顆荷包蛋，列車停站時，又有一群人往車廂內擠，我整個人失去平衡倒在一個男大學生的懷裡。他摟著我時，我想起了昨天晚上，那個 Allen 好像也是這樣擁抱我的。我嚇了一跳，急得馬上推開那個男大學生。

男大學生整個跌在地上，一臉被背叛的感覺，表情像在控訴我，要不是他當肉墊，我就會摔個狗吃屎，結果我還很不客氣的推他一把。我對他說了聲抱歉，還沒有到公司附近的站，我已經先下了捷運。

我會這麼害怕，是因為想起了昨天晚上的擁抱有多溫暖，讓我不自覺的心跳加速。一個吃素三年的女人，突然聞到肉汁而興奮的感覺，實在讓我太害羞了。

為了讓自己冷靜下來，到了早餐店，我忍不住多點了一盤鐵板麵。單身女人的生活守則是，遇到任何麻煩的事，可以哭、可以慌、可以亂，但就是不能忘記好好吃一頓飯。

我提著一大袋早餐，做好等會要被罵的心理準備，想到剛剛自己的反應，忍不住先嘲笑了一下自己，才走到櫃檯旁打卡。

「子晨姊，妳今天好晚喔。」櫃檯的工讀妹妹跟我打了招呼。

「因為昨天做了一場春夢。」我很認真的說。

我沒有時間關心櫃檯妹妹接下來會有什麼反應，經過謝安婷的辦公室時，她正在講電話，我眼角瞄到她看見我，露出一臉憤怒的表情，我知道不用一分鐘，她就又會靠在我的辦公桌旁，用她風騷的表情和姿勢，質問我為什麼不接她電話。對，不是問我為什麼遲到，是不是身體不舒服還是發生什麼事？謝安婷只會說妳遲到扣妳薪水，干我屁事？妳長那麼大了，不舒服不會自己去看醫生嗎？

她只在乎和她自己有關的事，畢竟全世界沒有人敢不接她的電話，我算是全球限量。

把早餐放在桌上，我轉身要走進吉娜的辦公室，接受她的大罵特罵。沒想到剛從茶水間回來的小月拉住了我，「子晨姊，吉娜經理今天請假，妳真是逃過一劫了，我剛幫妳跟人事主任說妳身體不舒服，早上去看醫生。」

「那妳幹麼還一直打給我？」難得吉娜請假，我也可以趁機偷懶一下啊！早知道就不要來上班了。

「因為 Anna 叫我聯絡妳啊。」小月一臉天真的回答我。

「因為妳昨天哭得要死要活，早上還不見人影，我怕妳家變凶宅啊！妳貸款都還沒有繳完，是想害死妳爸媽嗎？」我看了一下手錶，謝安婷果然在一分鐘內出現。

我轉過頭去，她靠在書報櫃上，用手撐著下巴，微卷的長髮披在肩上，光線從她背後透過來照在她的白襯衫上，曲線若隱若現，有夠性感。嘴裡講這麼壞的話，臉上表情卻是如此自在。

我這輩子沒有佩服過誰，除了謝安婷。

她一講完，小月就急著對我說：「天啊，子晨姊，妳居然哭了？我以為妳很堅強都不會哭的耶，發生什麼事了，妳可以告訴我啊。可是妳又沒有男朋友，也沒有感情問題，怎麼會哭了？」

「親愛的小月，這個世界上有很多值得哭的事，不是只有男人的事才會讓人哭好嗎？」我一臉受不了的說。

單身女人是很堅強沒有錯，但單身女人也有哭的權利，請不要用「妳應該很堅強」這個爛理由來剝奪。

謝安婷馬上很不客氣的大笑三聲，「但妳昨天明明就是因為男人哭的啊！還在那裡講什麼廢話啊？」她一吐糟完，小月看著我，等待我的解釋。

但這麼尷尬的我只能送她三個字，「去工作。」

小月只好摸摸鼻子，回到她的座位上工作。我提著早餐到茶水間，謝安婷跟了過來，我坐下開始吃起早餐，她坐在我對面看著我吃早餐，我們兩個一句話也沒有說。

但她的眼神，就是有一種讓人不安的犀利，我一口鐵板麵吃下去差點噎死。她幫我倒了杯水，對我說：「妳在心虛什麼？」

「我有什麼好心虛的？」我喝了口水後說。

「誰知道？妳曉得妳現在眼神有多飄嗎？妳之前偷喝我的燕窩，偷吃我的巧克力，偷穿我的高跟鞋時，就會出現這個表情。」謝安婷抱著胸，淡淡的說著。

「我沒有偷喝妳燕窩，也沒有偷吃妳的巧克力，我是光明正大打開妳的櫃子拿出來吃的，我也沒有偷穿妳的高跟鞋，是高跟鞋自己叫我過去套套看的。」我嘴硬的說。

「隨便妳硬拗，我只是要確定妳是不是真的沒事。」謝安婷突然走感性路線，我的心軟了一下。

「沒事。」單身女子的強項，就是嘴硬。

「Good!」她看了我一眼，然後點了點頭，站起身離開茶水間。

我看著她的背影，在她要走出去的那一刻，我對著她的背影說：「有事。」

我真的需要找個人告解，不管我昨天到底做了什麼，我需要有個人告訴我，昨天就真的只是我的一場夢，或春夢。

謝安婷回過頭，臉上表情寫了四個字：我就知道。

然後她又走回來坐到我面前，「我上次聽妳哭得這麼慘，是三年前妳和孫以軒分手的時候。三年後，妳哭這麼慘，又是為了孫以軒，我都沒有想到妳居然這麼愛他。」

我搖了搖頭，「我會哭不是因為他，是因為我自己。」

「什麼意思？」謝安婷不明白的問。

「很難跟妳解釋。」那是對一段感情的領悟，我無法描述那樣的心情，或許在昨天那個當下，我是對孫以軒感到火大的，但回到家開始喝酒時，讓我火大的不再是孫以軒，而是自以為是的自己。自以為他對我的愛不會變，自以為他會帶著遺憾過日子，自以為我跟他的感情沒有誰可以取代。

結果昨天晚上，事實告訴我，那全都是我在自我高潮。我氣我自己讓這段感情結束的時間點拖了太久。

「所以？」

「孫以軒不是重點。」

「所以，妳的重點在哪裡啊？北極嗎？還是南極？」謝安婷已經開始不耐煩。

「重點是，我昨天晚上喝醉了，然後我收到了一張紙條。」我從口袋裡拿出那張紙條，我不想承認我很在乎 Allen 是誰，我也不想承認 Allen 的字很好看，我只是順手放進口袋，就像上完廁所會擦屁股的那種順手。

謝安婷一把搶過去看，我還擔心她把紙條給弄破。她看了紙條一眼，再看看我，「然後呢？Allen是誰？妳可以一句話交代完一個故事嗎？」

我瞪了一眼謝安婷，對她說：「我好像一夜情了。」講完，謝安婷非常不捧場的哈哈大笑，笑到她的性感沒了，氣質沒了，眼線暈了，女王變成女瘋子。我真的不知道這句話笑點在哪裡，只能等她笑完，再好好問問她。

「妳怎麼可能一夜情？妳莫子晨耶，矜持得要死。」她邊笑，邊擦掉眼淚，我把她逗得這麼開心，好想跟她收錢。

「我喝醉了，我醉到只記得打過電話給妳，然後就什麼都忘了。」我很誠實的說。

「妳居然只記得妳打給我？妳居然忘記妳打了幾百通，忘記妳盧我多久，還忘記一直跟我要男人？妳怎麼好意思啊，妳知道我昨天晚上也是很忙的，還要抽空接妳盧死人的電話。」謝安婷邊說邊用手指戳我的頭。

「我怎麼可能跟妳要男人！妳不要鬧了。」我抗議，不要以為我喝醉了就什麼都可以栽贓。

「誰跟妳鬧，妳一直在那裡喊，要我給妳一個男人，我怎麼好意思把自己用過的丟給朋友？那不是我的風格。妳都不知道妳盧超久的，我隨便唸個電話號碼，妳才肯把電話掛掉。」安婷一說完，突然有幾個聲音和影像竄進我腦海裡。

昨晚我掛掉電話後，按下了剛剛謝安婷說的那一串號碼，然後電話接通了，那個人的聲音有點沙啞、有點溫柔，我不知道我說了什麼，只記得那個人一直笑著，笑聲輕輕穩穩的。

「天啊，妳不會真的打了那個電話吧，我是亂唸的。」謝安婷的聲音突然高八度，打亂了我的回想。

我看著謝安婷，不知道該說什麼，當記憶碎片一片一片被撿回來，原本以為這樣就不會再焦躁不安，但沒想到更讓我驚慌失措。

謝安婷愣了一下，走到我面前，把鐵板麵裡的荷包蛋塞到我嘴巴裡，開始對我洗腦，「好，就當妳一夜情了，這個年頭，有過一夜情的人多的是，妳就先讓心裡的那位老處女休息一天，但妳知道什麼叫一夜情嗎？就是只有一個晚上，one night，所以從現在開始，昨天晚上的事就留在昨天晚上，什麼都不要再想了，ＯＫ？」

我深呼吸一口氣後，用力點點頭。謝安婷很滿意的看著我，拍了拍我的肩，「真沒想到妳莫子晨總算有這一天，這才像個真正的女人，過去三年活得跟道姑一樣，拜託妳把人生過得有血有肉一點好嗎？但是我告訴妳，以後如果還要一夜情，自己要懂得保護自己，有沒有聽到？」

不知道的人，大概會以為安婷是我媽，我被她的苦口婆心逗笑，「神經啊妳！」昨天那樣失控一次就夠了，我以為自己搬出來住就已經夠叛逆了，沒想到我的叛逆還能到達這個境界。

謝安婷甩了甩長髮，對我說：「我要去工作了，記住，過去了，有沒有聽到！」

我微笑的點點頭，看著謝安婷離開茶水間。我繼續坐下來吃鐵板麵，安婷的話，讓我的心情變得安穩許多，我放心的吃下一口麵，對著自己說一句過去了，一口麵，再說一句過去了。

不知道是不是安婷對我的洗腦成功，接下來的時間，我再也沒有想起那個 Allen，把心思全放在工作上，很用力的把早上的工作量在下午一併消化完成。當工作進度超前時，我感到前所未有的開心，決定下班要買份麻辣鍋，回家自己來個麻辣趴。

就在我工作告一段落，拿著包包準備離開公司，還打算多買一份鴨血時，小月帶著美宜阿姨到了我面前。我驚訝的看著美宜阿姨，她尷尬的笑了笑，「子晨啊，阿姨自己過來，希望沒有讓妳覺得很困擾。」

我搖了搖頭，「阿姨，妳不要這麼說，我隨時都歡迎妳來啊。妳怎麼沒有先打電話給我，如果撲空了怎麼辦？」

「我打過了，斯理也打過，但妳手機都沒有開機。」

我才想起，早上手機沒電自動關機，我把手機插著充電，也忘了開機。急忙從包裡再拿出手機開機，「阿姨不好意思，我手機沒電了。」

「沒關係，沒事就好，昨天妳那樣走掉，我很擔心妳，要不要陪阿姨吃個飯？」

我點了點頭，但是爸爸呢？

詩采和斯理是不一定在家吃飯，但爸爸不愛吃外食。當年媽媽離開之後，爸爸為了不吃外食，開始學著自己做飯。高中時最享受的時光，就是看著爸爸穿圍裙在廚房裡忙東忙西，然後我坐在餐桌做作業，一邊分享我的學校生活。那是我們父女最親密的時候，只是不知道現在為什麼會變成這樣。

阿姨看出了我的疑惑，「妳爸和朋友去吃飯了，就算在家，我也不想煮給他吃，嘴巴那麼壞，吃那麼好做什麼。」

我笑了笑，和美宜阿姨一起下樓，想帶她去吃頓好的，卻在公司大門口遇見了我媽。是的，我的媽媽。

她和我的後母相遇，正站在彼此面前，點頭微笑打招呼。看起來很平靜的一幕，但我的人中幾乎要冒汗了。

美宜阿姨和我媽只見過一次面，就是我搬出去的那一天。媽媽以為美宜阿姨對我不好，我才會想要搬出去，就來幫我搬家。那天最難面對這兩個人的，除了我，還有爸爸。後來我一直告訴媽媽，美宜阿姨對我很好，幾年下來她才漸漸相信。但完全沒有交集的兩個人，在今天又碰到，我完全不知道該從哪裡開始。要幫兩個人互相介紹嗎？好像太做作，不介紹嗎？感覺更奇怪。

還好見過大風大浪的阿姨和媽媽一起化解了這份尷尬，她們各自打著招呼，帶著笑容。我見識到了所謂大人的場面，看著阿姨和媽媽的互動，總以為自己吃夠了苦，經歷夠了不少歷練，但此時此刻，我才發現自己還在人生的幼幼班，座號七號。

「媽想說跟妳吃個飯。」媽媽說。

我看了美宜阿姨一眼，阿姨馬上開口，「我們正要去吃飯，要不要一起去？」

媽媽看著我，我知道她一定會有點難過，說要找時間跟她吃飯，一直沒有成行，現在卻被她撞見我要跟美宜阿姨去吃飯。我覺得很抱歉，但實在是沒有力氣解釋。

媽媽微笑的對美宜阿姨點了點頭，「這樣會不會不好意思？」

美宜阿姨笑著說：「哪會不好意思，我們都是一家人啊。」媽媽聽見，也笑了笑。

我則是全身起雞皮疙瘩，媽媽和美宜阿姨走在我前面，邊走邊聊，單單看這一幕，不知道的人，真的會以為這兩個人是好姊妹。殊不知道，這姊妹關係其實有點遠，我只能躲在後頭，快速的傳簡訊搬救兵。幸好我的救兵一向很上道，不到十分鐘，他已經氣喘吁吁的站在我們面前。

美宜阿姨看到自己兒子突然出現，表情一臉驚訝，我馬上開口解釋，「周斯理在附近談完案子，我叫他過來一起吃。」

美宜阿姨點了點頭，然後對媽媽介紹周斯理，我則是偷偷在周斯理的耳旁，用最快的速度說明剛剛的狀況。

「超怪的。」周斯理說。

我非常捧場的點點頭。

點完餐，媽媽們繼續聊天，聊東南西北，聊柴米油鹽，聊影劇八卦，聊哪個菜市場哪個攤子賣的東西便宜。我看著這一幕，雖然感覺很奇怪，卻又覺得異常溫馨。我在乎的人，可以用這樣的方式相處，我很開心。

「昨天為什麼有男人接妳手機？」周斯理挾了塊我喜歡的橙汁排骨放到我碗裡，偷偷問了一句讓我可以直接噎死的問題。

我乾咳了兩聲，「哪有，是你打錯了吧。」

周斯理非常快速的背出我的手機號碼，「我還可以倒背。」然後他真的很強的倒背了我的手機號碼，「所以，妳還覺得我會打錯嗎？」

「媽，這橙汁排骨好好吃，妳多吃一點。阿姨，這是妳喜歡吃紅燒鯛魚。」我試著轉移話題，開始幫兩位媽媽挾菜，然後跟兩位媽媽聊起天來。這一頓飯的時間裡，周斯理不知道看了我幾百次。

吃飽後，周斯理還是持續偷看我。我被看煩了，轉過頭對著周斯理說：「你再繼續看我，我真的會以為你愛上我了，我不想對不起麥克。」

一說完，周斯理就被嘴裡的酸梅湯嗆到，整個人咳到服務生都走過來關切。美宜阿姨遞了溫水給他，「你是三歲嗎？喝個東西還被嗆成這樣。」

「超遜的，被酸梅湯嗆死多不划算。」我真心誠意的對周斯理說，一條命不到三十塊，真的太便宜。

他瞪我一眼，然後捏了我的耳朵。我吃痛的伸手打他，兩個人就在餐桌前打了起來，「好了！」兩個媽媽同時說，周斯理馬上放手，我則是利用時間差，多打了他幾下。

周斯理看我一眼，用唇語說：「這次放過妳。」然後拿起了桌上的結帳單到櫃檯去結帳，我朝他的背影翻了個白眼。

我們起身走到門外等他，媽媽突然對美宜阿姨說：「今天真的聊得很開心，很謝謝妳這麼照顧子晨。」

因為媽媽的話，美宜阿姨紅了眼眶。這一瞬間，我看到了女人最美麗的那一面，就是「體諒」。如果我是媽媽的角色，我有辦法說這些話嗎？如果我是美宜阿姨，我有辦法疼愛別人的小孩比自己的小孩多嗎？

現在的我，可能還沒有辦法。

我在媽媽和美宜阿姨的身上，看到了女人沒有極限的寬容。

周斯理結完帳走出來，站在我旁邊，和我一起看著這一幕，突然又繼續剛剛那個話題，「所以那個男人是誰？」

我轉過頭瞪他，「你管那麼多幹麼？」

「呃……不能問一下嗎？」周斯理突然詞窮。

「可以，但我都三十二歲了，半夜電話有男人接很奇怪嗎？」

「呃……」

「還是你覺我這輩子真的要孤老一生了？」

「妳不要隨便誤會別人的意思好不好？」周斯理馬上為自己喊冤。

我沒理他，甩過頭，走到阿姨和媽媽旁邊，準備送媽媽回家，而美宜阿姨當然就讓周斯理送。離開之前，美宜阿姨又對我說了很多爸爸的好話，要我別介意昨天晚上的事，還說其實我走了之後，爸爸很後悔。

我告訴阿姨，我就是知道爸爸會後悔才離開的。當了他的女兒三十幾年，我怎麼會不了解自己爸爸，我不能跟爸爸硬碰硬，我只能用這種方式表達我的抗議，用這種方式讓他覺得愧疚。但我必須說，這其實也只是治標不治本。

我們總是遇見太多難以解決的事，為了讓自己能夠好好生活下去，我們必須退而求其次，用不一定最好的方式來面對，卻希望得到最好的結果。我們都知道這樣不行，但其實我們很難有別的選擇。

送媽媽回家的路上，媽媽一句話都沒有說，我擔心的問：「怎麼啦？怎麼突然不說話。」

媽媽扯了一抹很難看的微笑，然後搖搖頭。我這時候覺得，女人不管到了幾歲，口是心非的拙樣都差不多，這樣要說服我沒事，實在是很牽強。

「美宜阿姨讓妳不開心？」因為絕對不可能是我惹她不高興。

媽媽急忙說：「不是，妳想哪裡去了，我只是覺得，她真的是個非常好的女人，我之前還以為她對妳不好，沒想到……」

「沒想到什麼？」媽媽欲言又止，引起了我的好奇心。

但她又搖搖頭，什麼都不說，完全把想把我給憋死，「媽，妳可以說清楚嗎？妳這樣讓我很擔心耶。」

媽媽看了我一眼，嘆了很大一口氣，「妳知道我跟妳爸為什麼會離婚嗎？」

「不就是個性不合。」我說。

「個性不合是好聽的說法，其實我們兩個脾氣都太硬了，所以才會生出妳這個脾氣更硬的小孩。我們都覺得自己為家庭付出很多，妳爸做生意很忙，我在家裡要照顧有糖尿病的奶奶還有妳，到後來妳爸越來越少回家，兩個人一個月說不到兩句話，每次只會對我說他好累。

「現在想想，那其實是妳爸在對我撒嬌，但在當時我只覺得他根本不體諒我，只要他一回來，我就急著想說自己的委屈。最後的結果，就是各自抱怨自己的，然後再大吵一架，每一次都越吵越凶。奶奶過世之後，我提了離婚，那時候，媽只想快點離開妳爸，但沒有想到，我連妳也失去了。」

我沒想到媽媽會對我說這些事，我知道小時候她和爸很常關在房間裡面吵架，媽都跟我說那是爸爸在看電視，音量調得比較大聲。大人都以為小孩不懂，就隨便用理由搪塞我們。長大後，我對爸媽的離婚原因也沒有多大興趣，因為，知道得再多也改變不了現實，我仍舊失去了我的家。

媽媽繼續說：「我嫁給了妳許叔叔後，我才知道，每段婚姻其實都一樣，都在教我們體諒和讓步。如果在婚姻裡沒有隱藏一點自己，那就很難走下去。妳阿姨願意為了妳爸隱藏全部的自己，所以才能在妳爸身旁待那麼久。」

「媽，和爸離婚，妳後悔嗎？」我忍不住問了這個一直以來我很想知道的問題。

媽媽先是愣了一下，隨即笑著對我說：「無時無刻都在後悔。」

嚇一跳的人變成是我，握方向盤的手還抖了一下。我驚訝的看著媽媽，她指了指前方，要我注意開車。我回過頭專心開車，媽媽的聲音在我旁邊響起，「從簽完字的那一刻到現在，我都在後悔。我常在想，如果那時候我再堅持一下，我們是不是就會有一個幸福的家庭。我每天都在後悔，所以更用心經營現在的家庭。因為我知道，我不能再隨便放棄了。

「我沒有辦法不後悔，因為我最愛的人，還是妳爸。」媽媽的這一句話，狠狠打在我心裡，我完全不知道怎麼回應，我和媽媽之間，因為距離、因為時間，沒有機會了解彼此的心理狀況，我交男友，媽媽也只見過一個，就是我的初戀情人。

後來的我們，就只是住在同一個城市裡，有血緣關係的兩人而已。今天突然變得如此親密，我非常不能適應。媽媽說完自己的祕密後，我們就再也沒有交談。

一直到了媽媽家，她解開安全帶準備下車時才再次開口，「子晨，女人不一定要結婚，但妳一定要搞清楚自己最愛的人是誰，好好把握。人生很短，妳可能不一定有機會遇到那個人，但人生也很長，妳要學著做出不會後悔的決定，過著不後悔的日子。」

看著媽媽真摯的表情，我點點頭。其實我很想哭，我第一次覺得媽媽離我很近。

「還有，剛剛在車上說的那些，妳回家就忘了吧，那是媽媽的事，不是妳的事，妳不需要往心裡去，媽一直很想跟妳好好說聲對不起，我讓妳失去了能和媽媽好好相處的時光。」媽媽的聲音還是哽咽了。

但遺傳她和爸爸的硬脾氣，我再怎麼鼻酸，都不讓眼淚湧上來。我微笑的對媽媽搖了搖頭，「沒關係，未來還有很長的時間。」我安慰媽媽，理解了她的難處。

媽媽偷偷拭去眼角的淚，然後下車。我看著她的背影走向家門口，許叔叔幫她開了門，他給了媽媽一個溫柔的笑容。門關上，媽媽繼續她選擇後的人生，而我也要繼續過著我的生活。

但我知道，我更靠近了媽媽一點。

一回到家，都還沒有躺上沙發，周斯理的電話就來了。我馬上接起來，直接警告他，「如果你還要問，那我要直接掛電話了喔！」

「等一下啦，妳脾氣怎麼那麼差啊！」

「這件事你第一天知道嗎？」

周斯理在電話那頭嘆了一口氣，「我只是要問妳有沒有安全到家而已。」

「超安全，路人也很安全。」我說。

「喔。」他說。

然後電話那頭的他陷入了沉默。

「幹麼不說話，沒事我要掛斷了喔！」

他又沉默了一會兒。我正想要再出聲恐嚇他時，周斯理才開口，他的語氣跟平常打鬧時不一樣，很認真的說：「我只是想說，不管那個男人是誰，我都希望妳好好保護自己，不要再受傷了，我不喜歡看到妳哭。」

他的認真，讓我突然紅了眼眶，我想起了他陪我走過每一段失戀。我的人生，爸媽參與得不多，但周斯理幾乎沒有缺席。從初戀情人到孫以軒，從在外租屋到買下房子，從工作菜鳥到現在的老油條，周斯理都在我身旁，這是我唯一感謝老天爺的事，謝謝祂給了我一個哥哥。

「有沒有聽到啊？妳耳朵那麼硬，要我多說幾次嗎？」

「好啦！」我馬上收回我對老天爺的感謝。

周斯理又交代我，有什麼事一定要告訴他，再交代我要記得繳水費，再交代我門窗要關好，再交代我冰箱裡的小菜要記得吃。他交代了幾百樣事情，但我沒聽完就掛電話了，我哥真的比女人還要女人，不對，他是女人沒錯。

結束通話，我準備好好洗個澡，然後要大睡一覺，今天真的把我給累慘了。不過，在脫衣服時，那張紙條又從口袋裡掉了出來。我看著 Allen 這個名字，想起那些自己能夠記憶的片斷，心跳又不自覺的加速。我決定明天要去看一下心臟內科，我一定有病，不過就是五個英文字母，心跳就亂了。

想起謝安婷的叮嚀，想起周斯理的交代，我深呼吸一口氣，決定不讓自己的心情再受影響。我把紙條揉爛，往垃圾桶丟去，拋出完美的拋物線。我笑著對自己說，沒錯，這本來就該丟掉的。

然後我走進浴室，什麼都不再想，好好的洗了個澡，再回到房間，看見桌上的手機正在震動。我走過去接了起來，已經晚上十一點半了，念華的男友阿凱卻在這個時候來電，我覺得有點不對勁。

「妳和念華在一起嗎？」阿凱第一句話就是問念華在哪。

「沒有啊，我在家。」

「妳們晚上不是一起去逛街？」

「沒啊，我們沒有約。」

阿凱沉默了，然後我發覺我好像說錯話了，似乎被套出什麼一樣，但重點是念華並沒有跟事先跟我說過什麼。

「念華最近有跟妳說什麼嗎？她最近有點奇怪，常常說有事就放我鴿子，如果妳今天沒有跟她出去，那她為什麼要騙我？我打了好幾通電話，她都沒有接，也不回我。」阿凱問著我。

我被他的問題考倒，因為我不是念華，而我也覺得念華很奇怪。

覺。

「我不知道，我再找時間問她看看。你先不要想太多，她可能最近工作比較忙。」

「希望是這樣。」阿凱說完後便掛掉電話。

於是，我撥了電話給念華，響了很久，電話才被接起來，念華的聲音聽起來很像在睡覺。

「方念華，我要跟妳說一個壞消息。」我說。

「什麼事？」

「剛才阿凱打給我，問妳是不是跟我在一起，我說沒有。他說，妳告訴他晚上要和我去逛街。怎麼辦？我是不是害到妳了？」我對念華解釋著剛剛那通電話。

「喔。」她只淡淡回了一個字。

「喔什麼啊，妳不快點向阿凱解釋一下嗎？而且他都找不到妳，應該很擔心。」

「隨便他。」

念華無所謂的態度讓我覺得很不可思議。她和阿凱在一起八年了，阿凱這幾年都有向念華求婚，但都被拒絕。念華說她還沒有準備好，過一陣子再說，但兩個人感情看起來還是不錯。可是念華現在的態度，讓我覺得她好像不在乎了。

「發生什麼事了嗎？」我說。

「沒有，以後他再找妳，妳可以不用回應他。」念華好像不打算告訴我，那我也只好不再問。但有件事放在我心裡已經兩天，我很想知道。

「好，那我問妳，妳什麼時候跟美宜阿姨他們這麼熟的？我從來沒有聽妳說過去我家的事。」

念華的聲音突然有點慌張，「以前我們讀書的時候就熟啦，美宜阿姨會打給我叫我有空過去吃飯，我不想拒絕她的好意，又怕妳會不高興，所以就沒有跟妳說啦。」

「我為什麼要不高興？」

「因為妳討厭那個家啊。」

又是一個很大的誤解。別人誤解我無所謂，但念華和我是十幾年的朋友，卻還認為我討厭那個家。我真的很不能理解，第一次覺得和念華的溝通有了障礙，我們不是最好的朋友嗎？為什麼今天我卻覺得我不了解她，而她也不了解我。

原本想好好睡一覺的，結果因為我和念華之間變得如此陌生而難以入眠。我滑著手機，看到那通通話長達一個半小時的陌生電話號碼，突然好想問那個人，你有不了解最好朋友的時候嗎？那你會怎麼解決？

但我在入睡前，還是沒有撥出那個電話，倒是把號碼背起來了。

第四章 女人的慾望：是不能說的祕密。

我常覺得「記得」是很費力氣的事，會記得一件事，會記得一個人，都只是因為自己在乎。所以你的腦海裡就得移出一個空間來，你的心裡就得空出一個位置，來放這些你在乎的人事物。

然後，為了努力保管，常會把自己搞得全身虛脫。但沒有辦法，如果失去這些，我們的人生就一點意義也沒有了。

所以有些不重要的事，只要你沒有用心去保管，它就很快會不見，就像那通被洗到通話清單最底下的通話紀錄。這幾天，我幾乎是沒有再想起。看看人的心動有多廉價，時間一沖，馬上就沖到太平洋去了。

為了耶誕節的檔期，行銷部忙得要死要活，我和小月已經整整加班了一個星期，連六日都要去跑各銷售點了解目前的狀況。但我的頂頭上司吉娜卻幾乎是做一休一，我不知道我們部門什麼時候有這樣的上班方式，她昨天沒有來，今天也沒有來，一堆等她簽核的公文就這樣放在她桌上，疊得跟山一樣高。

「經理不知道最近是最忙的時候嗎？為什麼都不來上班？」小月掛掉業務部打來催促開會的電話，今天經理不在，會又開不成了。

我看著吉娜空盪盪的位置。她不是這種隨便請假的人，就算她在感情上面很情緒化，但不代表她在專業上有問題，所以她才能是我的主管。不知道她最近到底是怎麼了。

「先做好我們該做的就好。」我對著小月說。

這是最基本，但也是最難做到的。人要做好自己該做的，其實已經很不容易了，所以我很佩服那些事情做不好還有一堆時間說三道四的人。

就像左前方會計部的阿蓉和小玲，兩人坐在位置上聊了快要一個小時，不時哈哈大笑，不時交頭接耳。當她們眼神看向哪個部門，我就可以猜到她們在說誰的八卦，幸好，今天她們還沒有看我。

「發什麼呆啊，不工作。」謝安婷的聲音又從我後方出現。她才是我主管吧，世界級的緊迫盯人。

我轉過頭，看著她有穿跟沒穿一樣的超迷你紅色連身裙。距離夜店開始營業還有好幾個小時，她是不是太早換衣服了。「請問妳哪間酒店的？」

她一臉嫌我不識貨的表情，「這套可是 LANVIN 新款，妳沒有眼光就算了，不要說出來讓人家笑。」

我懶得理她，「公關部是有多閒，妳今天已經來我這第三次了，回去做妳的事好嗎？」我站起身準備去化妝室。

「有效率的人，一天只要工作兩個小時。聰明的女人不會把自己累得跟狗一樣，這樣很難保養，而且我只是要去洗手間順路經過，OK？」謝安婷真的很喜歡把別人當白痴耶，明明超不順路。

如果再跟她聊下去，要不是我心臟病發，就是我出手讓她沒有講話的機會。為了我的大好將來，我還是趕快去上廁所比較實在。謝安婷跟在我身後，我們到了女化妝室，一人走進一間。

就在我要打開門出來時，阿蓉和小玲的聲音從洗手檯那裡傳了過來。

「聽說吉娜可能要離職了。」

「對，我也聽說了。」

見鬼了，為什麼我都沒有聽說，而且誰准她們只喊吉娜兩個字？妳們很熟？妳家巷口便利商店店員的名字？還是妳家隔壁鄰居？

「聽說她男友才二十八歲耶，兩個人差了十歲。天啊，沒想到吉娜也吃得下去喔！」

「應該說她怎麼好意思吃？手牽手走在路上，都不怕被別人笑喔！」

「哈哈哈，真的耶，我男友小我一歲，我出去都有壓力了，更何況差了十歲，而且還要結婚，那男生真的好勇敢。」

「我跟妳說啦，那男的一定是看上吉娜有錢，才會想要跟她在一起，不然外面漂亮年輕的女人那麼多，怎麼會看上吉娜。最好笑的是吉娜還當真了，為了這個男人要離職去結婚。」

「女人就是傻啊，妳有聽業務部的小莉說嗎？她那天去新光買化妝品時，看到吉娜和她男友牽著手逛街，小莉說那畫面太殘忍她不敢看，簡直就是母子！」

「哈哈哈哈哈，好慘，我們來猜猜，他們多久會離婚？」

我真的是聽不下去，已經要衝出去教訓這兩個人的同時，我旁邊那間廁所的門突然「砰」一聲被推開，打到另一間廁所的門上，好大一聲。我嚇了一跳，然後我也趕緊打開門，就看到謝安婷已經站在阿蓉跟小玲面前了。

「嘴巴這麼臭，補妝就能變漂亮嗎？」阿蓉和小玲聽到謝安婷的聲音，嚇得馬上立正站好。

「現在公司都不用尊重前輩了嗎？誰允許妳們吉娜吉娜的叫，妳們幾歲，妳們什麼位階？妳們憑什麼管人感情的事？妳們戀愛談得很成功？妳們都不會老嗎？妳們好意思在這裡說別人？」

好吧，我以為謝安婷聽到別人罵吉娜會很高興，畢竟她也吃了吉娜不少的虧，沒想到她居然會幫吉娜出氣。我看著一身鮮紅火亮的的安婷，那一瞬間我覺得她簡直就是觀世音菩薩。

「對不起。」阿蓉和小玲急忙道歉。

「跟我道歉幹麼？難道妳們平常也是這樣在罵我嗎？」我好慶幸我跟謝安婷是朋友，絕對不能當她的敵人，太可怕了。

「沒有沒有，我們沒有。」這兩個人嚇的咧。

「妳們兩個今天這樣，我會上報妳們主管，這是讓妳們知道，公司很小，八卦聲音太大。妳們可以不爽，也可以罵我，只要不是在女生廁所，只要不要讓我聽見，妳們想詛咒我去死，我也歡迎。」說完，謝安婷就踩著她的高跟鞋，非常有氣勢的離開了。

我看著阿蓉和小玲，對她們說：「妳們是該得到一點教訓，以後不要再隨便說別人的壞話，除非妳們有把握自己過得比別人好。」

兩個人被嚇到，呆愣在原地。

謝安婷很快就向上級報告了這件事，短短一個小時，阿蓉和小玲就被各自扣了考核成績。我被找去口述了當時的經過，當我們四個人一起走出總經理辦公室時，全公司上下都用著奇怪的眼神看我和謝安婷，而對阿蓉和小玲則是投以同情的眼光。

看到這一幕，我和謝安婷看了對方一眼後，笑了。

這個世界真是太調皮了，對同事來說，謝安婷和我是去打小報告的人，而阿蓉和小玲是被我們陷害的人。說別人壞話的人都是好人，我們這些糾正別人錯誤的人都是壞人，難怪台灣會變成現在這樣，其實一點都不意外。

「我想接下來我們會被講得更難聽。」謝安婷看著我說。

「所以？」我一點都不在乎。

我們很有默契的笑了出來。

公司大部分同事都不喜歡安婷，所以她在公司除了和我往來之外，幾乎都是獨來獨往。她不花心思在同事身上，她曾經告訴過我，同事就是同事，朋友就是朋友，莫子晨妳不是我的同事，妳是我的朋友，因為妳跟我一樣。

那時候我其實不太能夠理解她在說什麼，但此時此刻，我完全明白為什麼我們可以這樣相處，而從來不會有什麼誤會。因為某種程度上，我們都在跟另一個自己相處。

突然覺得，我的身旁有謝安婷真好。

「老實說，我以為吉娜被罵妳會很高興。」我真的是小鼻子小眼睛，對安婷的誤會這麼大。

「滿高興的啊，吉娜那麼欠罵。」謝安婷現在又是要打我一巴掌的意思？她接著說：「但她如果得罪我，要罵也是我當著吉娜的面來罵，吉娜可沒有得罪過她們兩個。」

我笑了笑，對安婷點點頭。

之後，我們回到各自的崗位繼續努力，我看見同事們在安慰阿蓉和小玲，好像她們受了多大的委屈，看起來就像一部黑色喜劇。

下班後，我才一回家，阿凱又打了電話過來要問念華的行蹤。

「阿凱，你要不要等念華回電，她可能剛好在忙。」我說。

「忙了一天一夜？她從昨天就沒有接我電話，也不回我電話，她到底在幹麼？妳不是她最好的朋友，妳會不知道嗎？她是不是在外面交了別的男朋友？」阿凱沒有這樣跟我說話過，他為人忠厚老實，對念華非常好，對我也很不錯，我沒有聽過他大聲說話，這還是第一次。

「你不要想太多，念華不是那種人，而且你們都在一起那麼久了，你會不清楚念華的個性嗎？你這樣懷疑她，她會難過的。」我說。

「我也很不想懷疑她，但她最近對我真的太冷淡了，我很難不往壞的方向去想。妳快跟她聯絡，叫她打給我。」

「好。」我無力的掛掉電話。

我最不想干涉別人感情的事了。更何況，念華她不只是對阿凱，她對我也開始有所隱瞞，但希望交往八年的他們可以相安無事，我只好雞婆了一點，再次打電話給念華。

她沒有接，我只好先去做自己的事，吃飯、洗澡。

等到我洗完澡出來，在客廳看電視，正覺得肚子有點餓的時候，我聽到鑰匙開門的聲音。三秒後周斯理走了進來，提了一大包吃的。我給了他一個大大的笑容，此時我房裡的手機響了，我用手指了指冰箱，他點點頭，我走進房間接起電話。

「妳找我？」念華問。

「是阿凱找妳。」

「他又打給妳？」

「嗯，他問妳去哪裡。」

「他真的很奇怪耶，我明明整個晚上都在家，還能去哪裡，就算我真的要去哪裡，不行嗎？我一定要隨時隨地跟他報告嗎？」念華不知道為什麼火氣突然上來。

他們感情的事，我真的不想干涉，「妳還是好好找阿凱談一下，他有點沒安全感，而且你們之前不會為了這種事吵架。」

「知道了，下次他打給妳，妳就不要再接了。」念華說。

「我盡量。」怎麼能夠說不接就不接，我發覺念華對阿凱的態度變太多了，難怪阿凱會覺得她很奇怪，「妳是不是想和阿凱分手啊？」

「他如果再這麼煩下去，我真的會跟他分手。」念華這麼說，我非常訝異。

雖然從他們兩個人的相處，看起來真的是阿凱比較愛念華，但是交往了這麼久，我以為念華是認定阿凱的，但現在看起來好像都不是我想的那樣。

「妳不要那麼衝動，妳最近真的好怪。」我說。

念華不耐煩的說：「妳不要跟黃承凱一樣好不好，我哪裡怪了，明明就跟平常一樣。」這是念華頭一次這樣對我說話，她一向是個善解人意十分體貼的女人，但今天的她，真的讓我感到很陌生。

「好啦，沒事就好了，我只是擔心妳發生了什麼事而已。」我試著給自己台階下。

她似乎也意識到自己的態度有點不尋常，馬上回到原本的她，「我真的沒有事，我很好，我還想約妳去看電影。妳這陣子這麼忙，等妳忙完，我們就約時間。」

「好，那晚安。」掛掉電話後，我看著漸暗的手機螢幕，想起我似乎有好一陣子沒和念華好好聊過天了。

我嘆一口氣，肚子咕嚕叫了兩聲。把手機丟到床上，我快速的回到客廳，上道的周斯理已經倒好啤酒，桌上擺了好大一盤滷味。我一坐下，一串雞心已經遞到我面前，我很滿意的接了過來，吃下一顆，再配上一口啤酒，人間天堂。

「你怎麼知道我在家，而且肚子餓？」我問周斯理。

「因為我聰明。」他一臉自信的說，我很不客氣的給了他一個白眼。

「對了，我有找人來修妳房間浴室的水管，妳都沒發現浴室的水流得很慢嗎？」

我搖了搖頭，「你發現了就好，這是哥哥的責任。」

「妳最好只會在使喚我的時候才說我是哥哥。」

「不然咧？」

「妳可以不要這麼欠揍嗎？」

「你捨得揍我嗎？你揍啊你揍啊！」我邊吃科學麵，邊把頭湊上前去，我就不相信他真的敢揍。

他被我弄煩了，馬上伸手把我推開，一臉嫌棄的看著我說：「妳是幾天沒洗頭啊，超臭的。」

「欸，周斯理，做人說話要實在喔，我明明剛剛才洗過。」我明明就香得要死，還敢說我沒有洗頭。

他瞪了我一眼，喝下一口啤酒。我得意的看著他，和周斯理吵架，我從來沒有輸過，他氣得叉了一塊青椒塞到我嘴巴裡，「吃妳的東西啦！吵死了。」

我馬上把青椒吐出來，「我這輩子最討厭的就是青椒和前男友，你找死嗎？居然敢把青椒塞到我嘴巴。」我邊吐邊揍周斯理。

他邊閃邊回話，「念華說這間的青椒很好吃，我想說買來讓妳試看看，搞不好妳會愛上青椒。」

我停下了手，問他，「念華什麼時候跟你說的？」

他摸著被我打痛的手臂，「這滷味是我們一起買的啊。」

「你們一起買的？」但剛剛念華告訴我，她整個晚上都在家啊，現在是怎麼一回事？

周斯理好像覺得我的問題很奇怪，一臉疑惑的看著我，「對啊，她晚上來我們事務所，說順路過來看看。後來她說肚子餓，帶我去吃了一間麵店，我很覺得很好吃，想到這時間妳應該在家，就買一些過來給妳吃啊。」

我不知道為什麼念華要對我說謊，但這一刻我什麼都吃不下，我把竹籤丟在桌上，默默的喝著啤酒。

周斯理察覺我的怪異，便問我，「妳幹麼不吃了？」

「沒胃口，我要睡了，你整理完再回去。」然後我轉身回到房間，不管周斯理在客廳如何罵我。

我和手機一起躺在床上，很想問念華為什麼要說謊，但想著想著，我還是什麼都沒有做，緩緩的睡著了。

隔天，我有睡跟沒睡一樣，眼睛浮腫的到了公司。經過昨天阿蓉跟小玲的事件後，我和謝安婷成了同事們的公敵，每個人都用仇視的眼神看著我們，但對我們來說，這一點小事根本不算什麼。

「妳不在意，那妳昨天幹麼沒睡好？」謝安婷以為我是在擔心同事對我們的誤解，所以才睡不好的。

於是，我把念華的事告訴安婷，她只淡淡的回了我一句，「女人的事不要跟我說，女人的心思最麻煩了，我猜不了。」我瞪了她一眼，最好她就不是女人。

「我最討厭跟女人當朋友了。」謝安婷再補一句。

我指了指我自己，她看了一眼後說：「妳不是女人，妳男人婆。」

差一點，我手上的咖啡就要飛過去了。

但謝安婷一點都不怕，笑了笑，「別人的改變，是別人的事，干妳屁事？她要說謊那是她的自由，妳知道她騙妳，要不要相信那是妳的自由。說穿了，妳不是因為她說謊生氣，而是她對妳說謊。說到底，妳在乎的，不也是自己的感受嗎？」

ＯＫ，謝安婷說對了，我沒有什麼好說的了，庭上。

於是，我體諒了念華的謊話，她或許就像她之前說的那樣，她以為我不喜歡那個家，所以就算和美宜阿姨還有周斯理親近，也不敢告訴我。

我收拾好自己的情緒回到位置，吉娜也剛好走進辦公室，她一臉春風，笑得可燦爛了。不久後，她把我叫進辦公室。

「子晨，我要結婚了。」吉娜洋溢著幸福的笑容對我說。

我聽說了，就在昨天。

我微笑的對她說了聲恭喜。

「我和總經理聊過，在我專心準備婚禮的這段時間，就由妳暫代行銷經理的職務，我接下來會請一個月的長假。我們並沒有那麼熟，所以喜帖我就不發給妳了。」

謝天謝地，吉娜還算有良知。

「我其實是準備離職的，因為，我老公希望我不要再這麼辛苦工作了。」吉娜不忘對我炫耀。

我看著吉娜整個沉浸在愛河裡，雖然很好，還是很擔心她太過衝動。即使她很愛找我麻煩，但同樣是女人，我也真的希望她可以過得很幸福，四十歲女人也能和小十歲的男人共度一生，給我一點對愛情的信心。

我點了點頭，「如果婚禮有什麼需要我幫忙的，可以跟我說。」

「不用啦，我們找了最好的婚顧，她們會幫我處理好，我老公找的，我很放心。」

我看著吉娜，警惕自己，以後不可以變成一個口頭禪是「我老公說」或「我男友說」的女人，不知道的人，還以為我失去了說話的能力。

「沒事的話，那我出去了。」我說。

吉娜點點頭，「公司的事，再多麻煩妳了。」

我走出吉娜的辦公室，一個年輕的男子和我錯身走進了吉娜的辦公室，我看著那個男人年輕的臉龐，再看著那個男人精壯結實的身材，他輕輕牽起吉娜的手，在她耳邊說著悄悄話，吉娜嬌羞的笑了笑。

看著這一幕，我好想問吉娜，經歷了這麼多段感情，為什麼她從沒有因為受過傷而決定放棄愛情？她依然很堅持的走在感情的路上，然後走到了這裡。我想，或許幸福只屬於勇敢的女人。

而我不是。

十分鐘後，吉娜整理了東西，便和她的老公離開。離開前，她跟我交接了工作的事項，然後小鳥依人的和老公一起從大家眼前消失，我看著阿蓉和小玲的表情，她們臉上笑著和吉娜打招呼，卻在下一秒時，兩人對看，再次取笑了吉娜。

發現我對她們的注視，她們才收回笑臉，坐回位置工作。原本還覺得對她們太嚴厲，現在想想，我還真是太仁慈。

接下來的整個下午，我想著吉娜，想著那恩愛的背影，想著關於戀愛，想著要不要繼續單身，煩惱著我四十歲時會是什麼樣子，會有個老公？會有個小孩？還是交往一個年紀小我十歲的小鮮肉，面對社會的眼光？又或者是繼續自己一個人？

想到這裡，我突然笑了，女人的煩惱真的滿膚淺的。

「子晨姊，我今天可以先下班嗎？我男友生日。」六點一到，小月馬上對我說。

我點了點頭，沒道理讓有男友的女孩加班，但沒有男友的，今天也不想加班，「下班吧，我今天也不想加班。」單身女子最需要照顧的就是自己的心情。

小月開心的整理東西，我也用最快的速度整理好，然後把電腦關機，和小月一起離開。我們在走道的轉角碰到謝安婷。

「妳今天不加班？妳不加班要去哪裡？妳有活動嗎？妳有人約嗎？該不會又是妳哥？」謝安婷真的很煩。

「妳很奇怪耶，有人約才能不加班嗎？什麼道理，我跟我家爽爽有約，我跟我家頂級沙發有約，我跟我的豪華大床有約，我跟我的美國影集有約，可以嗎？」誰說我沒有男朋友，這些都是我的愛人。

「莫子晨，妳不要再說了，聽了越讓人覺得感傷。」謝安婷一臉同情的看著我，我超想一巴掌呼下去。

到了門口，小月的男友已經在等她了。她一見到男友，整個人笑開懷，小跑步到男友身旁，戴上安全帽，轉過身來對我們揮揮手，坐上摩托車，快樂的離去。

我想起了我初戀的美好時光。

「打賭再過五年，胡小月就不會想再坐摩托車了。」謝安婷撥著烏亮長髮說著。

我忍不住吐槽她，「妳以為每個女人都跟妳一樣勢利嗎？」

她笑了笑，一臉過來的人表情說：「不，這叫認清事實，妳會知道，兩個人在一起光只有愛是吃不飽的，愛不會給他們幸福未來，只有錢才能保障愛情沒有阻礙的前進。」

「最好有這麼誇張。」我說。

「兩個人出去吃飯要不要錢？兩個人出去玩要不要錢？兩個人就算上汽車旅館也要錢。莫子晨，拜託妳清醒一下好嗎？愛可以解決任何事這種說法，是少女才可以擁有的天真。妳都幾歲了，妳每一場戀愛付出這麼多愛，有解決什麼事嗎？妳就是太理想化，才會讓自己受傷。」謝安婷又在傳她的邪教。

「停，妳那個歪到北極的戀愛觀，少來對我洗腦。」我就是相信愛可以解決一切。

「隨便妳，妳要不是孤單一輩子，就是做好一直受傷的心理準備。」謝安婷一說完，一輛名車也剛好停在我們面前。

車上的男人風度翩翩的走了下來，跟金城武差不多等級的可口。他給了安婷一個性感的笑容，然後幫安婷開車門。她轉過頭來對我說了聲再見，接著坐上車，名車低沉的引擎聲和安婷一起消失在我眼前，差不多三秒的時間。

有一秒我忍不住想著，難道謝安婷才是真理？

開著小珍珠回家的路上，我一直在想謝安婷對我說的話。這人真的很壞，怎麼會對朋友下這樣的詛咒，我真的會孤單一輩子嗎？雖然我做過這樣的心理準備，但準備是準備，真正發生又是另外一回事。

我真的會這樣一直受傷嗎？相信愛有什麼不對嗎？相信愛很天真嗎？相信愛就會一直受傷嗎？哪來的道理？

我就這樣因為謝安婷的話而沒有心情吃晚餐。單身女子的情緒化，是沒有人可以想像的，我們可以上一秒灑脫，下一秒躲在廁所哭。而情緒化的下場，就是現在肚子一直在叫，而我還躺在床上當屍體，希望自己可以快點睡著，這樣我就可以不用出去買吃的，還可以省錢。

只好開始數羊。

數到五的時候，手機響了，我懶洋洋的拿起手機。

「幹麼？」我說。

「妳才幹麼好嗎？妳昨天晚上幹麼突然發脾氣？東西也只吃幾口就跑回房間是幹麼？」周斯理真的很不會挑時間打電話，我都快餓死了，沒有力氣跟他吵。

「我沒有發脾氣，我要睡了。」我說。

「才十點，妳是在騙誰啊，妳平常東摸西摸，摸到一、兩點才肯睡的人，怎麼可能這麼早睡？」

「因為我肚子很餓！」不好意思了，哥哥，我要保持心情平穩，不然我會更難睡著，於是我掛掉了電話。

但周斯理今天就是個大白目，一直打來。身旁的手機一直震動，我的耐心逐漸到達極限，氣得直接拿起手機對著電話那頭的人大吼，「你如果這麼閒，你現在就去給我買吃的，我要麥當勞的薯條，肯德基的炸雞，摩斯漢堡的紅茶。給你十分鐘，十分鐘內沒有買到，你就不要再打電話來了！」

就是欠人罵，周斯理。老天有在看，我真的想盡力當個善良可愛的妹妹，但我真的做不到。對老天告解完之後，把電話丟到一旁，打算繼續入睡，但不到二十分鐘，我家的門鈴就響了。

就在我差點睡著的時候，門、鈴、響、了。

為什麼哥哥都要要這樣欺負單身女子？他明明就有鑰匙，為什麼要逼我起來開門？想報復我也不是這樣。重點是我剛剛的點餐只是要嚇他，並沒有要他真的買來，現在到底是誰整誰？

門鈴再響了一次，我氣得從床上爬起來，決定一開門就先揍周斯理兩拳。

「你有鑰匙是不會自己開嗎？」我用力打開門，然後用力的吼了門外的人。

但就在我吼完，看到門外站的人不是周斯理時，愣了一下，「你按錯門鈴了。」然後馬上關門。完全忘了周斯理的提醒，他說單身女子不能隨便亂開門，就算門外站的那個人滿帥的。

門鈴又響了一次。

我還在猶豫要不要開門，門外的人喊了我的名字，「子晨？」這聲音有點熟悉，我卻想不起來在哪裡聽過。但我還是慢慢的開了門，只開出一點縫隙，從縫隙中看著門外那個知道我名字的人。

他正對我笑著，我開始上下打量了他一番，他不是濃眉大眼的那種好看的男人，他的好看，是出自他身上的氣質。他雖然笑著，但他身上散發出來的是股濃濃的憂鬱氣息，穿著打扮也很有個人風格。如果要謝安婷來評斷這個男人，她會把這種男人歸類在「猛獸區」，太危險了。

但我好像掉進了他深不可測的眼神裡，防備瞬間消失，忍不住把門再打開一點，好讓自己可以面對面看著他，「你是？」我忍不住問。

他笑出了聲音，「妳不是叫我幫妳買吃的？」他把手上麥當勞、肯德基、摩斯的提袋遞到我眼前。

我才驚覺，原來最後一通電話不是周斯理打來的，是這位男士。我就這樣對著他大吼，點了一堆餐，然後我現在不知道這個人是誰。

他看著我，接下來淡淡的加了一句，「妳那天真的有喝得這麼醉，完全不記得我是誰了？」

很好，那些記憶碎片又瞬間飛進我腦海裡，然後啪啪啪把我完全打醒。他的聲音我記起來了，他的笑容我好像也有點印象，我居然叫一夜情的對象幫我買吃的？

我整個人愣在原地，不知道怎麼面對自己，也不知道怎麼面對他。

他似乎發覺了我的心情，拉起我的手，把那些食物放到我手上，然後對著我說：「看來我嚇到妳了，快去吃東西，我先回去了。」

「等一下！」老實說，我也不知道我為什麼要叫他等一下。

他轉過身看我，然後我也看著他，支支吾吾了好幾秒，不知道要說什麼，為什麼光是一見到他，我就退化到十五歲？

「我……那個，就是……」我每說一句，他就更認真的看著我，然後用更疑惑的表情對著我。

不知道是卡到陰，還是老天爺在我腦子裡轟了一下，我大聲開口，向我的一夜情對象提出邀約，「你要不要進來坐一下？」

對，一般電影演到這裡，我們會邊看邊罵，罵這女的在搞什麼？我真的不知道自己在搞什麼。

他微微一笑，點了點頭，話已出口，不能回頭。

我轉身進門，他跟在我後面。活了三十幾年，我第一次這麼手足無措，我不知道自己在慌張什麼，不是踢到客廳的桌腳，就是差點撞到廚房的冰箱，倒杯水還把水給灑出來了。好不容易端到他面前，又差點跌倒。

我現在才知道我有肢體障礙。

他看著我，不停的笑著，接過了那杯水，「我以為妳喝醉酒的時候已經很可愛了，沒想到清醒的時候更可愛。」

我尷尬的笑了笑，我最討厭人家說我可愛了，我都三十二歲了，拜託稱讚我美麗大方、有氣質、有內涵，或是很性感都可以，我最討厭可愛這兩個字，從他嘴裡說出來一點都不討厭，我是怎麼了。

他把買來的東西從袋子裡拿出來，遞了炸雞給我，「快點吃吧！妳不是肚子很餓了嗎？」

要我在一夜情的對象面前啃雞胸肉？我那麼重視形象的人實在做不到，只好先吃薯條。然後我吃薯條，他看著我吃薯條，我吃到食不知味，吃到胃痛發作。

我深呼吸，假裝自在的對他說：「那個，剛剛我以為是我哥打來的，我不知道是你，不好意思，這麼沒有禮貌。」

他對我笑了笑，我真希望他不要再笑了，因為真的太好看，我都要看入迷了，「比起上次喝醉酒的來電，這次算很不錯了。」

God，我那天到底是做了什麼事？希望他沒有發現我臉紅，實在是太丟臉了。

「我那天真的喝太醉了，不好意思，那是我亂打電話，是你比較倒楣。」我真心誠意的道歉。

他笑著搖了搖頭，「我倒覺得我很幸運。」現在是在跟我調情嗎這位老兄？

我低下頭繼續吃東西，越吃越想知道那天我到底幹了什麼好事，又很害怕知道事實的我會直接在他面前崩潰。我掙扎著咬著薯條，喝著紅茶，掙扎著啃了炸雞，再喝了紅茶。

「妳是不是很想知道那天發生了什麼事？」他笑著問我。

我被紅茶嗆到，乾咳了兩聲，然後傻笑兩聲，「如果我很可怕，就不要告訴我了，然後也拜託你忘記，謝謝。」

他仍然笑著，「一點都不可怕。」順手抽了桌上的兩張面紙，幫我擦了擦嘴巴。他對一夜情的女人都這麼溫柔嗎？

他告訴我，那天晚上接到了我的電話，我在電話裡又哭又笑，說需要一個男人，接著命令他十分鐘內到我家，還口齒不清的唸了我家地址。他一到我家，我就抱著他開始大哭，一下哭訴爸爸和我的事，一下哭訴前男友和我的事，一下哭訴女人單身有錯嗎？一下又哭訴自己很孤單，一下哭那個一下哭這個，酒邊喝邊吐。

「好了，不要說了，我再也不要喝酒了。」我伸出手制止他。我沒有勇氣再聽下去，我爸媽如果知道把女兒教成了瘋女人，一定會很難過。

他笑了出來。就是這個笑聲，我記得了，就是這個性感的笑聲。他對我說：「沒有那麼嚴重。不過，我真的希望，妳下次喝醉的時候要哭要笑都可以，就是不要唱歌。」

「啊？」我還唱了歌？我的音準永遠都比鬼還會飄，我去KTV都只是負責幫人家切歌和吃水餃、牛肉麵而已，我居然唱歌了？這比我又哭又笑還讓我丟臉了上萬倍。

「妳唱到隔壁鄰居來按門鈴。」他繼續說。

我倒抽了一口冷氣，他沒有打算放過我，再補了好大一槍，「警衛也上來關切了。」好了，我莫子晨的人生到這裡結束，再見我的家人，再見我的朋友，再見我三十二歲的人生，因為三瓶紅酒，一切就到今天結束。

我放棄全世界的表情讓他笑了出來，「沒那麼嚴重，鄰居和警衛人都很好。」

「喔。」隨便，反正莫子晨這個人就到今天了。

「真的，妳只唱完聽海就睡著了。」他再強調一次。

天啊，我居然還有臉唱阿妹的歌，我要跟阿妹的歌迷道歉，請不要討厭我，我只是喝醉了，請原諒我。

等一下，唱完歌就睡著了？

「所以，我們沒有上床？」所以，我以為發生的一夜情，其實是我自作多情？

「我們有上床。」他說。

他這麼直接的回答我，害我嚇到手上的雞腿都沒抓穩，掉到了地上。喔，還有我的下巴，也掉了下來。

我的反應讓他大笑起來，我很想跟他說，第一次，喔不，第二次到人家家裡做客，這樣是非常沒有禮貌的。

他笑了很久，對我來說差不多有一世紀這麼久。他好不容易才停下來，然後正經的對我說：「我們有上床，因為妳喝得爛醉，我只好把妳抱上床，妳又抓著我不放，我只好抱著妳睡，等妳睡著了我才離開。」

我聽著他說的每一個字，緩緩消化，最後換我大笑出來，邊笑還忍不住失控的出手打了他幾掌，原來什麼事都沒有發生。

他面帶微笑任由我打，然後說了一句，「其實回家後，我滿後悔的。」

我停下手，看著他。

然後，因為這一句話，開始心跳加速……

我想起了第一次心跳加速，是在高中時期，全校女生的幻想男友陳建華說要跟我在一起時。第二次心跳加速，是第二任男友楊孝龍在暗巷裡吻我時。第三次心跳加速，是第三任男友張承發從背後抱著我，說愛我的時候。第四次心跳加速，是孫以軒告訴我，會照顧我一生一世的時候。

而這一次心跳加速，是我面前的這個男人，感嘆的對我說很後悔沒跟我上床的那一刻。這表示了什麼？

在我發揮無窮無盡的想像，想像他可能被我的醉態迷倒，可能被我的歌聲征服，可能陷入了我瘋狂的魅力當中時，他微笑的撿起我腳邊的雞胸肉，輕輕對我說：「這髒掉了，不要吃了。」

請問，這是重點嗎？這句話一下把我打入冷宮。

我馬上收回了我的想像力，清了清喉嚨，拿過雞肉，有點不爽的咬一口，「沒事，我家整理得很乾淨。」因為我有個非常上道的男傭……不，哥哥！

他又對著我露出那逼死人的笑容。我轉過頭去，警告自己不能再這樣看下去。

「難道，妳一直以為我們有發生關係？」他又突然把話題轉回來這裡，我嘴裡的雞肉嚼都沒有嚼就被他害得直接吞下去。

我吞嚥困難，急忙喝了一大口紅茶，差點就要見不到明天的太陽。我趕緊解釋，「沒有好嗎？我只是想說我衣服很亂、床單很亂、房子很亂，然後醒來又沒有看到是誰。我其實也不知道有沒有發生，我以為可能有發生，但是我也覺得，可能什麼都沒有發生。」好，我真的不知道我在說什麼。

他又笑了出來，「好了，妳不用擔心，什麼都沒有發生。」

我活了三十二歲，臉都在今天丟光光，自尊心碎了滿地還撿不起來。我轉過頭去，繼續吃著炸雞，我生平第一次這麼感謝肯德基的存在，如果沒有它，現在這種氣氛下，我會有多尷尬？我可能在扯衣角，摳指甲，那看起來會有多窩囊，幸好我還能吃炸雞。

「心情好多了嗎？」他問。

我看著他，「我沒有心情不好啊。」下一秒，又一次覺得丟臉。

心情沒有不好的人，怎麼會一個晚上喝三瓶紅酒？心情沒有不好的人，怎麼會醉到亂打電話給陌生人？心情沒有不好的人，怎麼會又哭又笑又亂唱歌？我真的是無時無刻都在打自己巴掌。

他笑了笑，沒有揭穿我，「沒有心情不好就好，本來隔天要和妳聯絡，但我臨時去日本出差，沒想到今天一來電，聽到妳用這麼響亮的聲音在喊肚子餓，讓我安心不少。」

這話怎麼能夠講得這麼好聽，這個人真的太可怕了。

「謝謝你的關心。」我非常客套的說，實際上我非常感動，一個陌生人竟然這麼關心你的情緒。

「不客氣，我還有工作，我得先離開了。」他說。

我點了點頭，很抱歉的說：「不好意思，我真的以為電話是我哥打來的。」這真是我人生最大的一個失誤，我在想要不要明天直接去退掉手機，我根本不適合用手機，不是亂打電話，就是不看來電的人是誰。

他笑著站起身，準備往門口移動，「看妳吃東西，是一種享受。」

我乾笑了兩聲，這句話如果讓周斯理還是謝安婷聽到，他們不笑死才怪，一定會說這個人很虛偽，然後他們會成為台灣史上頭兩位笑死的人。

他突然轉過身對我說：「對了，那天有人打電話給妳，因為一直響，我怕有急事，就接起來了。只喂了一聲，對方說他打錯就掛斷了，不好意思，沒經過妳的同意就接妳電話。」他道歉的說。

我搖了搖頭，「沒關係。」應該是周斯理打的，難怪他會問我為什麼有男人接聽我的電話。

送他到門口之後，我們互道了再見。我正要關上門，他突然轉過頭來對我微笑，發送電力三千瓦，我覺得台灣根本不用核電廠，有他就好了。「我叫古青平，Allen。」

我被他突如其來的自我介紹嚇了一跳，下一刻趕緊回過神，「嗨，我是莫子晨，叫我子晨就可以了。」

他點了點頭，笑著說：「我知道，妳那天不知道講了幾百次『我莫子晨巴拉巴拉』……」

我丟臉的低下頭，「可以了……」

他笑出來，然後摸了摸我的頭說：「那我明天再打電話給妳。」我也不受控制的點點頭，好想問全世界，他叫我名字的聲音怎麼會這麼好聽啊？

看著他離去的背影，想著他剛說的每一句話，我竟開始期待明天他的來電。我一定是沒吃飽，才會有這種幻覺。

關上門後，我走回沙發上，經過玄關的鏡子時，竟發現自己臉上堆滿了笑容。不過就是肯德基、不過就是麥當勞，不過就是摩斯紅茶、不過就是一個男人啊，我是在跟人家少女般的雀躍什麼？

我深呼吸一口氣，努力讓自己回到平靜的狀態。在我的心跳逐漸回復正常頻率時，門鈴聲又響了。下一秒我已經從沙發彈起，衝過去開門。我滿心期待、帶著最燦爛的笑容打開門，結果門外站的居然是周斯理。

我臉色一斂。

「妳臉幹麼那麼臭？」周斯理看著我說。

「你幹麼亂按門鈴？」就是一種以為來了一份雞腿飯，結果只有一碗白飯的失落感，對不起周斯理，你在我心中居然是一碗白飯。

周斯理一臉無辜，「我急著從事務所離開，忘了帶鑰匙啊，我只買了肯德基，因為它離我公司最近，我怕妳餓死。」他邊說邊打開手裡的提袋，對我解釋。

好吧，我有一點抱歉的感覺，難得溫柔的對他說：「謝謝。」

他瞪了大眼睛看著我，一臉看到鬼一樣的，和我擦身走進屋裡，我瞪了他的後腦杓一眼，跟著他走進客廳。真的不是我要對他凶，這個世界上就是有人欠凶，所以外出看到有人在吵架，我總是特別能夠體諒說話比較大聲的人，他心裡一定跟我一樣，有很多委屈。

周斯理一看到客廳桌上的食物，便轉過頭來直接對我說：「誰來過？」

我被他突然的問話嚇了一跳，心虛的解釋著，「我自己去買的啦！」話一說完，我只覺得為什麼我要心虛，我和古青平又沒發生什麼事，我馬上被自己對古青平這個名字運用得這麼順手感到驚訝。

「怎麼可能啦，我又不是第一天知道妳莫子晨超懶，只要一回家，妳寧願餓死，都不會移動妳的貴腿出去買東西吃，還一次跑三間。妳會這樣做，就只有一個可能，妳不是莫子晨。快，脫掉面具，把我妹妹還給我。」周斯理覺得我的說法太可笑，一臉機車樣。

「我沒有你這種哥哥！」我學著連續劇的台詞，趴在沙發上假哭，我一抬頭，只見他對我翻了一個白眼。

「妳吃飽就好了，我要回事務所繼續趕圖。」周斯理放下手上的那堆食物後對我說。

「你還要趕圖？那幹麼還跑來啊？」室內設計師的工作壓力非常大，常常一趕圖就連續好幾天沒得睡，還要面對客戶的砍價殺價各種刁難。我最欣賞周斯理的就是他的固執，看在他是我哥哥的分上，我話說好聽一點，是堅持。

他露出好像怪我白問的表情，「因為妳肚子餓啊！」

他理所當然的回答，讓我有點感動。

「但妳現在應該吃飽了。」周斯理看著桌上吃了一半的食物說。

不知道為什麼，周斯理有點失落的神色，使我覺得有點內疚，我馬上出聲，「哪有，我還很餓，剛好你多買。」我伸手搶過他手上的食物，對他笑了笑，他也對我笑了笑。

周斯理離開後，我開始解決古青平和他帶來的食物。一個人吃了兩份炸雞、兩份薯條、兩杯紅茶，發現我的人生真的很極端，要不是餓死，要不就是撐死。

然後我把吃完的空盒和袋子拍了下來，傳給周斯理，想表示我的誠意，他卻對我說了一句，「妳是豬嗎？」

我是豬，他是豬的哥哥，有好到哪裡去嗎？我決定三天不跟他說話。

吃太飽的下場，就是整個晚上睡不好，腦子裡一直出現古青平叫著我的名字，然後對我說的那句，「明天打給妳。」我希望自己快點睡著，因為這樣醒來就是明天了，結果越這樣想，越是睡不著，翻來覆去好像有一世紀那麼久，我才漸漸失去意識。

早上鬧鍾還沒有響，我就自動醒來了，跳進腦子裡的第一句話就是那句，「明天打給妳。」我馬上拿起床頭邊的手機，看看有沒有未接來電，但螢幕上只有顯示時間，早上六點四十五分。我被自己這樣的行為嚇到了，馬上把手機丟到床上。

我幹麼那麼在意這件事？我幹麼那麼期待他打電話來？

我毫無睡意，決定起身做點別的事，好轉移注意力。於是我換了運動服，到附近的公園裡，整整跑了六公里，結果回家的第一件事，還是衝回房間看手機有沒有來電。

對，我瘋了，我覺得。

我梳洗好，換了衣服，開著小珍珠上班，告訴自己今天絕對不可以再看手機。結果一到公司，馬上又確認手機是不是轉成震動才會完全無聲無息，但明明才早上九點十分。

當我還在質疑古青平是不是真的會來電時，小月提醒了我今天有重要的部門會議。

我只好先到會議室開會，這是我第一次以代理行銷經理的身分參加部門會議，平常和和氣氣打招呼的各部門經理，沒想到在會議上都變成老虎獅子。我就像不小心誤闖森林的小綿羊，只能咩咩咩……然後行銷部提出的耶誕活動，被各部門經理反對到一個我想辭職的程度，這一瞬間，我開始佩服吉娜的本事。

一場兩個小時的會議，我好像跑了四十二公里的全程馬拉松，累到趴在桌上完全沒有力氣。

「妳真的很遜耶，出去不要說妳是我朋友。」謝安婷的聲音在我頭頂響起，我無力的抬起頭看她。

忘了說，剛剛還好有安婷幫我講話，不然我可能多中好幾槍。

「我告訴妳，開跨部門會議就是不能客氣，妳一客氣就弱掉了。提出一個計畫要執行，本來就會有很多難處，公司就是找大家來把不可能化成可能。每個部門都說有困難、有問題，那就不要做啦，大家都想做簡單的事，那難的事誰要做？」安婷帶領的公關部，是直屬於董事長底下的部門，所以她的出發點都是以公司為主要考量，也因為這樣，大家都怕她三分。

「就是說啊，明明我的提案就很簡單。」我附和著。

「但妳沒有捍衛妳的 idea 啊，就是遜。」用不著別人對我開槍，謝安婷就補了我好幾槍。

「好啦！」下次我也不會客氣的，今天第一次，算我沒經驗。

謝安婷一副看不起我的樣子，覺得我應該會再被欺負個幾次，然後她突然問了我一句，「而且，妳為什麼一直看手機？有什麼重要的事嗎？」

「我有嗎？」我完全沒察覺。

「這兩個小時大概看了三十八次吧。」謝安婷真的很誇張，我斜睨了她一眼。

「最好有。」

「等誰電話？」她直接問。

我又心虛的馬上回應，「哪有！」二十四小時內，我心虛了兩次，但我還是不知道自己為什麼要心虛，明明就什麼事都沒有。

但謝安婷沒有周斯理那麼好對付，她聽完我的回答，什麼話都沒有說，就只是一直盯著我看，一直看一直看，盯到我心慌意亂，盯到我手足無措，盯到我頭皮發麻，盯到我棄械投降。

「好啦，不要一直看啦！煩死了。」然後我把一夜情的始末和昨天晚上的事好好做了一個交代。

謝安婷一臉不可思議的看著我說：「就這樣？」

「不然要怎樣？」我說。

「他都去到妳家了，你們居然沒有怎樣？」謝安婷驚訝的點居然是這個。

「這是重點嗎？」我瞪著她。

她笑了笑，「好吧，這的確不是重點，現在的重點是妳像個情竇初開的少女，這件事讓我感到有點憂心。」

「神經，我哪裡情竇初開了？」我只是怕在開會中要是沒有接到他的電話，會有點不好意思而已。

謝安婷指了指我的心，「那裡。」然後不等我回應，就離開了我的視線。

我真的不承認我有情竇初開，但下一秒，我又確認了一次手機。忍不住伸手往自己的額頭打了一巴掌，「啪」一聲，完全不知道自己出手會這麼用力，我痛得摸著自己的額頭，小月一臉好奇的看著我，我只能尷尬的對她笑一笑。

然後，我繼續工作，繼續看手機，這就是我一整天的狀態。

一直到晚上九點，我的工作都沒有完成，也沒有心情加班。看著今天嚴重落後的工作進度，我煩躁的關掉電腦，離開只有我一個人的辦公室。走到停車場，我的手機終於響了。

我著急的在包包裡左翻右翻，好不容易撈到手機，隨手一滑，我假裝鎮定的開口，「您好。」

「念華要跟我分手。」阿凱的聲音傳了出來，我馬上把手機拿到眼前再確認一次螢幕上顯示的來電者，心裡湧起一股失落。

「你剛才說什麼？」我再次回應阿凱，他說的那句話，其實我沒有聽清楚。

阿凱哽咽的說：「念華今天跟我提分手了，她怎麼可以這樣對我，我那麼愛她，我們都在一起八年了，我都認定這輩子要跟她走下去了，她居然就這樣跟我分手，一點都沒有捨不得。」

「怎麼會這樣？」阿凱的話完全讓我不知道怎麼辦，我真的很驚訝。

「我才想要問妳，她都沒有跟妳說過什麼嗎？是不是我還對她不夠好？還是我哪裡做得不好，她有沒有跟妳抱怨過？子晨妳可以老實跟我說，我會改，拜託妳叫念華不要跟我分手……」阿凱不只是哽咽，已經哭了出來。

我不知道該怎麼安慰一個痛哭的男人，畢竟都是男人讓我痛哭。我只能口拙的說：「你先不要哭，我先問問她，了解狀況再跟你說。」

阿凱說了聲「拜託了」，就掛掉電話。

我坐到小珍珠上，撥了通電話給念華，才一接通，她就語氣煩躁的直接跟我說：「如果妳是要幫阿凱講話，那就真的不用說了。」

念華最近對我的態度實在很不好，我也有點不高興的回應，「我沒有要幫他講話，我只是很想知道，妳最近是發生什麼事了？為什麼對我說話都這麼衝？妳跟阿凱是分手還是要繼續在一起，對我來說都可以，我在乎的是妳的感受，我擔心妳心情不好。」

我一說完，念華的態度就變回跟過去一樣，「我沒有心情不好，我也沒有對妳說話很衝，我只是覺得感情是我跟阿凱的事，我很不喜歡阿凱打電話給妳，要妳來插手。妳那麼忙，也有很多煩心的事，我不要妳擔心。」

念華態度一軟，我也沒有什麼好再不高興，我擔心的告訴她，「妳是我最好的朋友，妳有事，再忙也要陪妳，我不希望妳把不開心的事藏在心裡。」

「我有事一定會跟妳說，妳別擔心。」念華說著。

「那妳和阿凱到底是怎麼一回事，妳可以告訴我嗎？」我問。

念華在電話那頭停頓了一會，才緩緩的說：「就是沒有感覺了，我不想再浪費彼此的時間，八年夠長了，我不能再耽誤彼此八年。人生很短，不能再這樣下去，我要努力去爭取我想要的。」

「阿凱真的沒有機會了？」對我來說實在是太不可思議了，八年耶，不是八天，念華怎麼能夠這樣果斷的結束，我佩服她的決定。

「嗯，沒有。子晨，不好意思，如果以後他再找妳，妳不要再跟我說了，也不要再問我，我不想知道他的事，我和阿凱就是結束了，我沒有什麼好說的了。」不知道為什麼，我突然覺得念華陌生得好可怕，八年的感情，能夠說斷就斷，到底她是對阿凱狠心，還是對自己狠心？

「知道了，妳如果不忙，要不要出來喝點東西？」我都快忘了上一次和念華的聚會是什麼時候。

「不了，有點晚了，明天還要上班，妳早點回家吧！晚安。」念華說完就掛掉了電話，我看著手機，覺得無奈又無力。

晚上十點，我開著小珍珠，突然不想回家，怕自己又會一直想看手機。於是我到了周斯理的事務所附近，想碰碰運氣，看他還在不在公司。看到事務所的燈亮著，我把小珍珠停好，還到隔壁的咖啡店買了咖啡。

一推開辦公室的門，就看到麥克倚在周斯理的肩頭，而周斯理正在電腦前努力的移動滑鼠和鍵盤。

周斯理聽到聲響，抬頭一看，發現是我，站起身給了我一個笑容，「妳怎麼來啦？」而麥克因為他的起身，重心不穩差點跌在地上。麥克看到我，也給了我一個微笑，但他的樣子看起來不太ＯＫ，眼眶紅紅的，好像剛哭過。

「不好意思，我是不是打擾到你們？」我說。

麥克急忙說：「沒有沒有，我打算要回家了，妳和阿理聊吧，我還有事先走了。」說完，麥克就走到他的工作桌，拿著他的包包，對我揮了揮手後，就離開辦公室了。

我看著周斯理問：「你和麥克吵架了？」

他一臉莫名其妙，「哪有？」

「那他為什麼眼眶紅紅的？」我說。

周斯理想了一下，然後用了一個不像理由的理由回答我，「喔，他肚子痛吧！」我真心覺得解釋事情很需要誠意，用這種理由來說服我，要不是當我好騙，就是懷疑我的智商，但我也懶得拆穿他。

我把咖啡拿給周斯理，他開心的接了過去，然後對我說：「這是認識妳以來，妳第三次買咖啡給我。」我知道他又要酸我，說第一次是我不小心多買了一杯只好給他，第二次是剛好買一送一。

我瞪了他一眼，沒打算回應他，一屁股坐在他的辦公椅上，嗯，舒服，設計過的就是不一樣，「這椅子怎麼這麼好坐？」

「這是我很欣賞的傢俱設計師的作品，全球限量三十把，香港只有兩把，我好不容易搶到，從香港帶回來的。」周斯理很得意。

「這麼囂張？這設計師很了不起嗎？」我摸了摸椅子，好奇的問。

周斯理點了點頭，「滿了不起的，很久之前我就很欣賞他，後來他因為感情問題，差點斷送自己的將來。還好這幾年繼續努力，做出不少好設計，得了好多獎，而且產品都是限量，要搶。」

「好了。」我對他比了一個「噓」的手勢，這是我不能理解的世界，我不想知道太多，不干我的事。

「吃晚餐了沒？」他笑了笑問。

「沒胃口。」我說，然後脫掉我的高跟鞋，用更舒服的姿勢，窩在這張全球限量象牙白皮革加手工木製椅上。

「幹麼心情不好。」他把我連椅子推到一旁，再拉隨便拉了張椅子，繼續坐在電腦前點他的滑鼠，敲他的鍵盤。我看著螢幕上的空間圖，再看看周斯理認真的側臉，覺得我哥是gay這件事真的是暴殄天物。

我看著周斯理的側臉，看到出神，他突然轉過頭來，「我是不是很帥？」他笑著說。然後，我差點拔掉他電腦插頭，幸好他馬上向我道歉。

「妳幹麼心情不好？」他繼續問。

「我覺得念華最近很奇怪。」我說。

周斯理繼續工作，邊回答我，「發生什麼事了嗎？」

我把她最近對我的態度，還有她和阿凱分手的事都告訴周斯理，他邊聽邊畫他的圖，沒有任何反應。

「你有沒有在聽啊？」我看他完全沒有反應，連一句話都不吭，火氣都來了。

他停下工作，轉頭看我，「妳不要想太多。」

我真心覺得這句話可以榮登最爛安慰人金句前三名，就是因為有事才想啊，還叫我不要想太多。我生氣的說：「我沒有想太多，她就是真的變得很怪，你今天也很奇怪啊，以前都不會拿這種沒誠意的話來回我好嗎？」

周斯理好像被抓包的表情，笑著說：「因為我就是覺得這沒有什麼。很多事都是這樣，妳一放大，什麼問題都被放大了。搞不好念華就是最近剛好比較忙，而且她和阿凱分手，是她的決定，她都不可惜了，妳在替她可惜什麼？妳想自己的事就好了。」

好，我被周斯理說服了，他說得沒錯，我是該想自己的事了，接著我脫口而出，問了周斯理一句，「那如果有人說今天要打電話給你，結果一直都沒來電，那表示什麼？」

周斯理像是要將我的把戲看穿一樣，看了我好幾十秒，才悠悠的開口說：「妳在等誰電話？」

「哈哈哈哈，我哪有在等誰電話？」我乾笑了幾聲說著，雖然說完連我自己也覺得很沒有說服力。

周斯理沒有說話，就這樣一直看著我，他的表情就是一副「老子在等妳說實話」的表情。

「真的啦，那是我朋友問我的啦！我不知道怎麼回答她啊。所以也問看看你的意見啊！」我說。

「妳朋友？誰？哪位？妳有哪個朋友我不認識？」周斯理開始咄咄逼人，我有點招架不住。我只能說，不要隨便在了解自己的人面前說謊，那是自找死路。

「好了啦！你刑事偵查組的嗎？是在審問犯人嗎？」我惱羞成怒的凶了周斯理。

他笑笑，然後伸出手摸摸我的頭，語氣很溫柔，「我只能說，這種事就是兩個可能，他要不是在忙，要嘛就是沒有把妳放在心裡。但我希望妳往第一個去想，因為這樣妳心情會比較好。」

我點了點頭，謝謝他對我的體貼。

下一秒，周斯理馬上大笑，「還說是妳朋友，被我抓到了喔！」我氣得猛往他手臂上打，他沒有閃，只是一直笑著。

打夠了之後，我從椅子上跳下來，對他說：「我要回家了。」

「要不要送妳回去？」他說。

「不要，我有小珍珠！」我拿起我的包包，穿上高跟鞋，準備離開他的辦公室。

「到家給我電話。」他在我背後喊著。

「不要！」我推開門走了出去。

周斯理大概是這輩子聽我說過最多「不要」的人，他要感到榮幸，因為我對歷任男友都沒有這樣任性過，我的這一面，只有他看得到。

開著小珍珠回到家，好好的洗了個澡後，已經十一點五十分了，古青平依然沒有來電。我忍不住取笑了自己，今天一整天到底都在幹麼？為什麼要讓一個只見過兩次面的人如此影響我？

我把手機關機，打算讓自己睡個好覺。

隔天早上醒來，我始終不敢打開手機，一直到公司，我的手機還是呈現關機的狀態。

我開始趕著昨天來不及完成的工作，謝安婷又走到我的座位旁。她還沒有說話，我頭都沒抬就先開口，「我在趕進度，沒有時間聊天，敬請見諒，明天再來，謝謝。」

謝安婷把咖啡放我桌上，「難得我想請客，想打電話問妳要喝什麼，結果電話都沒有開機，我只好買了雙倍焦糖榛果拿鐵胖死妳。」

我抬起頭看謝安婷，「妳幹麼請我喝咖啡，超不像妳的。」

「因為妳早上就是一副失戀的樣子啊，我想昨天那位古先生應該是沒有和妳聯絡，然後妳生氣的關機，早上還不敢開機，怕知道他真的沒有打給妳，妳會很失望，對吧？」謝安婷一臉自信的說。

對，沒有錯，她說的每一句話都正中紅心，一百分。

「滾。」我只能生氣的叫她走，我有允許她隨便猜測我的內心嗎？我有允許她猜得這麼準嗎？

她得意的聳了聳肩，踩著愉快的腳步離開。看著她的背影，我只好大口喝下那杯雙倍焦糖榛果拿鐵來胖死我自己，但還沒胖死之前，我可能會先燙死。我急忙喝了一大口水，小月抬頭一臉擔憂的看我，我迴避她的眼神，繼續工作，然後掙扎要不要開機。

在我第八十三次看向手機時，小月朝我說：「子晨姊，妳的電話二線。」

我回過神接了起來，周斯理著急的告訴我，「妳手機怎麼關機了？叔叔剛在浴室跌倒，我現在在市立醫院。」

我馬上掛掉電話，然後駕著小珍珠往市立醫院衝，一到急診室就看到爸爸額頭上圍了一圈紗布，右手肘一大片撕裂傷，右腳打了石膏。美宜阿姨紅著眼眶在餵爸爸喝水。

「怎麼會跌成這樣？醫生怎麼說？」我看著爸爸的傷，不敢相信這是在浴室跌倒的後果，太誇張了。

「叔叔洗澡的時候不小心滑到了，目前看起來就是一些外傷，但因為叔叔有些年紀了，醫生建議今晚住院做些檢查，如果沒事明天再出院。等一下我先載我媽回去拿東西，妳先在這裡陪叔叔。」周斯理拍了拍我的肩，安慰著我。

我點了點頭，美宜阿姨和周斯理先離開，這裡只剩下我和爸爸。我坐在病床旁，爸爸坐在病床上，我們兩個一句話都沒有說，想到我和爸爸竟變得這麼尷尬，我有點無奈的笑了。爸爸轉頭看到我在笑，有點生氣的說：「我受傷，妳這麼開心？」

原本爸爸說這種話時很容易激起我的反抗心，但看在他年紀大又受傷的分上，我丟掉了一些些我的自尊心，對他笑著，「對啊，要不是你受傷，我都還不知道你有年紀了，要不是你受傷，我們怎麼有機會這樣獨處？」

不曉得是不是我太感性，爸爸突然有點害羞的別過頭，假裝鎮定。

「爸，我突然很想吃你以前常做給我吃的那個，那個……有番茄、有馬鈴薯、還有雞翅，那個叫什麼啊？我忘了。」

「紅薯燒雞翅！這種事怎麼會忘？妳會不會連我的名字都忘了？」爸爸生氣的說。

「真的耶，我好像忘了，我看一下我的身分證。」我開起玩笑，但爸爸好像當真，氣得不跟我說話。

以前爸爸那種保護我的帥勁都不見了，現在的他，變得好像個幼稚的小孩愛耍脾氣，「莫英雄，奶奶如果知道你變得這麼愛生氣，會難過的。」我對著爸爸的側臉說。

爸爸轉過頭來瞪了我一眼，「妳大學一畢業就馬上賭氣的搬出去，都不管我會不會難過了，還有心情管到妳過世的奶奶。」

又來了，這件事我是要澄清到世界末日那天，爸爸才會相信我嗎？

「爸，我再跟你說最後一次，真的最後一次，你再不相信我，我也沒有辦法。我搬出去真的完全沒有任何賭氣的成分，但我也很老實的跟你說，一開始有一半的原因是你和美宜阿姨結婚，面對新的家庭生活，我真的很不習慣。但我是贊成你和美宜阿姨結婚的，要說賭氣，你才是真的在賭氣，從我搬出去那天就跟我賭氣到現在。」爸爸被我說中內心，開始臉紅。

「寧願出去吃苦，也不願意住在家裡，還敢說妳沒有在賭氣？」爸爸就是很想把錯推到我身上。

我語重心長，像在開導叛逆期的小孩一樣，「爸，為什麼你都不能為我感到驕傲，我那麼努力工作賺錢，買了自己的房子和車子，雖然每個月繳貸款繳得我想哭也想吐，但我從來沒有跟你開過口，因為我很勇敢的面對自己的選擇。我雖然很辛苦，可是我覺得自己很厲害，為什麼你都不會覺得我很厲害？」

「我哪裡沒有覺得妳厲害，我是捨不得妳啊！」爸爸不甘願被我誤會，說出他的真心話。我微笑的看著他，他像洩露心事的青少年，想再解釋些什麼，卻支支吾吾什麼話都說不出來。

「你趕快好起來，做紅薯燒雞翅給我吃，我要辣的。」女兒就是貼心，為了解決爸爸的困境，我只能轉移話題，讓他好下台。

爸爸不服氣的瞪了我一眼，「妳又不回家，做給誰吃？」

「你做，我就常回家。然後不要捨不得我，不要忘了我是英雄的女兒，怎麼可能會弱，你說是不是？」我挑了挑眉，對爸爸笑。

爸爸也忍不住笑了。

喔，賭了十年的氣，就在剛才的五分鐘裡像放個屁一樣消失了，那請問這十年我們都在幹什麼？今天是十年來我跟爸爸互動最多的一天，五分鐘可以抵十年。

人真的很奇怪，總是很愛浪費時間，去堅持一些無謂的堅持。

和爸爸聊了這幾年發生的一些事，在我還想教育他，女人不一定要結婚，好讓他不要再給我壓力時，他很不客氣的睡著了。居然好意思睡著了？就在我們好不容易破冰可以談心時，就這樣睡著了？戲劇不是這樣演的啊，我們應該來個大擁抱，然後哭著告訴對方我們錯過了彼此多少時光嗎？

但英雄睡著了，還打呼，我不好意思的對護士笑了笑。

看到爸爸睡得很熟，我走到外面想透透氣。天又黑了，我從包包裡拿出手機，剛剛都能勇敢面對爸爸了，難道現在不能勇敢面對一個只見過兩次面的男人嗎？

我開機，各式各樣的鈴聲響起。

才準備好消化我錯過的各種訊息時，我手機響了。那個等了快兩天的電話號碼，正浮現在手機螢幕上。

我清了清喉嚨，假裝鎮定的接了起來，「您好。」

「是我。」透過電話，他的聲音聽起來更迷人，還沒有喝酒我就快醉了。

「嗯。」我努力維持音調的平靜。

「我打了好幾通，但都關機，我有點擔心，所以我現在在妳家門口，不過妳好像不在，我是不是有點傻？」他對我說。

喔不！我才傻，我居然不敢開機，我最傻！

「對不起，我爸發生了一點意外，所以我在醫院。」我說。

「沒事吧！」他擔心的問。

「嗯，沒事，只是有一點外傷。讓你跑到我家，真的很抱歉。」想到他在我家門口，我卻在這裡沒辦法見到他，讓我覺得好可惜。

他低沉的笑著，「有什麼好抱歉，妳先好好照顧妳爸。」

「好。」我說。

掛掉電話後，我確認著手機，他昨天晚上十一點五十九分打了第一通，今天早上八點半打了一通，中午十二點十三分打了一通，下午四點五十五分打了一通，然後還有我剛接的這一通，他總共打了五通電話。

我忍不住對著電話笑了出來。

「妳有病啊，一個人站在這裡笑，要不要幫妳掛號？」周斯理站在我面前，很不客氣的吐槽我。

我抬起頭瞪他一眼，要不是我心情好，他手臂又要腫了，「你們來了？」

「嗯，我媽在裡面了，我先送妳回家。」周斯理說。

「不用了，我再去看看我爸。」我走回急診室，爸爸正像皇帝一樣讓阿姨幫他擦澡。阿姨看見我進來，趕緊對我說：「子晨啊，妳快回去休息，都九點多了，明天還要上班，剛醫生還有進來看一下，目前狀況都很穩定了。」

「可是我回去的話，我爸又要生氣了，覺得我不夠關心他。」我覺得，我爸賭氣的事可以讓我酸一輩子。

爸爸馬上惱羞成怒，「我才不會這樣。」

「好，那我先回家洗澡，晚點再過來跟阿姨換班。」我總不能把自己爸爸都丟給阿姨照顧。

「不用，妳別來了，妳煩死了又好吵，回去好好休息，明天也不用來，反正我明天就回家了。」爸爸對我揮手，像在趕蒼蠅那樣。

我實在很不想戳破他，「捨不得我就說，還說我吵，那我明天晚上回家看你。」

「隨便你。」他把頭別過去，我可以想像他的臉有多紅。

美宜阿姨和周斯理看到我和爸爸這樣的互動，兩個人下巴都要掉下來了，我對周斯理笑了笑，他很明白的點了點頭，伸手摸摸我的頭，在我耳旁輕聲說：「幹的好。」

「開玩笑，我是誰？」我驕傲的回應他。十年的冰，五分鐘破完，難道不是很厲害？

他笑了笑，說要送我出去，但我拒絕了，又不是小孩子，有什麼好送來送去，十八相送是十八歲在做的事，我是大人了。我才這樣跟他說，他又對我翻了一次白眼。

跟周斯理說了再見後，我走出醫院，打算到停車場去取車時，聽見有人叫我的名字。如果我沒有聽錯，這個好聽聲音的主人，應該是……

我吞了口口水，深呼好幾口氣後，帶著優雅的微笑轉過頭，「嗨。」

古青平正站在我面前，穿著黑色針織衫，黑色長褲，黑色帆布鞋，露出他一貫迷人的笑容。

「嗨。」他也這樣對我說著。

我真的不想承認，在這個時候能夠看到他，我的心像在飛一樣。今晚我可以確定一件事，就是我對他非常有好感，這好感程度似乎超越了我的想像。

然後，對於這樣的發現，我忍不住抖了兩下。

# 第六章

## 女人的敵人：其實女人的敵人，往往都是女人的自以為是。

我以為，「王子」這樣的名詞就只能留在二十歲，那個對一切都還充滿期待和幻想的年紀。到了現在這歲數，「王子」就只能成為我們茶餘飯後八卦攻擊的消遣。

但沒有想到，古青平現在站在我的眼前，而我心裡卻浮現出四個字，「他是王子。」人真的是不管到了幾歲，無時無刻都在打自己的臉。

然後那個閃亮亮正在發光的王子朝我走來，就這樣站在我的面前，好不真實。「我賭對了。」他一臉自信的對我說。

「啊？」他開口，把我從自己的世界裡拉回來。我回過神發現自己嘴巴有點開開，趕緊闔上嘴巴，怕口水流下來。

他笑了笑，「妳爸沒事吧？」

「喔，他沒事，現在有我阿姨照顧他。可是你怎麼會在這裡？你哪裡不舒服嗎？」他看起來氣色滿好的啊。

「我來找妳的。」他說。

我像被雷打到一樣，「找我？」

「妳的聲音聽起來不太有精神，我有點擔心，就過來看看。」他收起了笑容，很誠懇的對我說。

我簡直受寵若驚，「可是你怎麼會知道我在這裡？」

「直覺。」他回答得快速又簡潔俐落。

我笑了笑，他對我的關心，讓我不自覺一直想笑。

「那妳要離開了嗎？」他問。

我點點頭。

「那走吧，我帶妳去吃點東西。」話一說完，他就轉身往前走，完全沒有機會讓我說不要。平常如果是別的男生這樣對我，我大概是轉頭就走，但他竟讓我心甘情願的跟在他身後。

我知道大事有點不妙，然而此時此刻，我真的也管不了大事。

坐上他的車，才發現我們兩個的品味相似，挑了款在台灣很冷門，但有它風格的小車，只是他的是紅色，我的是白色。當初我要買這輛車時，全家只有周斯理贊成。

「你的車跟我的小珍珠一樣耶。」我驚呼。

他一臉疑惑，「小珍珠？」

「喔，我的車啦，它是白色的。我叫它小珍珠，你這台是紅的，不如叫它小蘋果？」你是我的小啊小蘋果……馬上就有它的個人出道曲。

他一臉嫌棄的搖了搖頭。

「那叫小蓮霧？小籃球？小番茄？小西瓜？」我非常真心誠意的在幫他的車取名字。周斯理常說我嚴肅不討喜，只有在幫東西取名字的時候才會感性一點。其實他從來就不知道，取名字只是方便我在孤單時，還能假裝有人和我對話而已。

單身女子的生活，就是要懂得為自己的寂寞解套。

他笑了出來，對我說了一句，「妳取名字不會是為了要跟它們說話吧？」

我的臉一秒漲紅，然後口是心非的回答，「哪有，只是喜歡屬於自己的東西有個名字而已。」

他微笑的看著我，沒有打算拆穿我，「帶妳去吃全世界最好吃的日本料理。」

我看了一下手錶，晚上十點半，「現在？日本料理店都關了吧！」

他給了我一個大大的笑容，「還有深夜食堂。」我笑了，期待他說的全世界最好吃的日本料理。

下了車，我們從大馬路拐進了小巷，再從小巷拐進小弄，才看到一間日本料理小店，門口一次只能一個人進出，裡頭就像電影中的深夜食堂，只有吧台邊的八個位置。

我敢保證，如果等等他先離開，我自己一個人會困在這裡，八天八夜走不出去。我是個方向感非常差的人，所以那時候要買車，爸爸非常反對，他很擔心我會迷路發生意外。但周斯理送我了一個最頂級的導航，還親自帶爸爸使用過，爸爸才安心讓我開車。

想到這裡，才突然發現，周斯理也幫我做過太多事了吧！好吧，明天找時間請他吃一頓好了。

「想什麼？」他看著今天的小菜單，對出神的我說。

我搖了搖頭，怎麼好意思告訴他，我正想著我欠哥哥太多了，他應該會覺得我很糟糕吧。在有好感的人面前，適當的隱藏自己絕對是有必要的。

「妳有什麼不吃的嗎？」他問。

「沒有，我什麼都吃。」其實我香菇、青椒、茄子、肥肉都不吃，喔，我最討厭牛蒡和山藥，還有豆類我都不喜歡，貝類能避就避，蝦子還可以，但我懶得剝。當然這些話只會出現在我的心裡，他這輩子都不會聽到。

「那今天菜單就交給老闆決定。」他笑著說。

我點點頭。他和老闆熟稔的打招呼聊起天，兩個人好像是舊識，聊得非常開心，直到另一組客人進門，老闆才去招呼另一組客人。

他坐到了我旁邊，我微笑的看著他，他也微笑的看著我，兩個人突然間不知道要聊什麼。不，應該只有我不知道要聊什麼，他整個人很自在的聽起店裡老式的日本演歌。我要不要拿我的手機出來滑？今天星期二，網路上應該可以看到《Running Man》最新一集了吧！

謝安婷說得對，一碰到他，我整個人就退化到十八歲，這種什麼都放不開的感覺，只有年輕時才會有的啊，一遇到他，我的包袱背滿全身，深怕一個失態，就毀了我在他心中的形象。

雖然，我到現在還不知道我在他心裡是什麼樣子。

「妳爸怎麼會受傷？」就在兩個人無話的五分鐘後，他總算開了金口。

放空了五分鐘，終於有我的戲，「就在浴室滑倒……」我稍微描述了過程，菜也一道道上來，小香腸、玉子燒、豬肉味噌煮，真的好像深夜食堂。

我們吃著聊著，他問了些有關我的事，我很誠懇的回答，但當我問到有關他的事，他總是笑著帶過。這讓我有點不開心，到最後他問我的事，我也學他微笑帶過。

兩個人相處如果像一場攻防戰，那其實一點意義也沒有，那我去打LOL就好啦。

接著，老闆端了兩碗山藥泥蓋飯放到我們面前，古青平吃了一口，一臉滿足的對我說：「我最愛這道。」呃……我最不愛這道，但為了不再打自己的臉，我還是努力的吃了一口，然後再一口。

突然覺得，女人勉強自己的能力根本是與生俱來。

「不好吃嗎？」他問我，我以為我演得很好吃，可以得金馬獎最佳女主角。

「我不喜歡吃。」本來我想這麼說，但後來出口的是，「很好吃啊，只是我有點飽了。」平常老愛罵別的女生惺惺作態雙面人，現在才知道自己根本就是雙面人二．〇。

他再挾了塊豆腐到我碗裡，「妳根本沒吃什麼，多吃一點。」

然後我就很聽他的話，多吃一點，多吃一點。把整碗山藥泥蓋飯吃光光讓我有一點反胃，我會怕山藥就是因為吃起來黏黏的，口感不太好，但又不能讓他發現，只好說要去洗手間先離席。

坐在馬桶上，我只覺得自己很窩囊，無意識的拿起手機打給周斯理，接著對他說：「我剛吃了一整碗山藥泥蓋飯，你快誇獎我。」

「妳好棒。」周斯理很捧場。

「謝謝。」我掛掉電話後，忍不住問自己到底在幹麼，我為什麼要為了一個見面三次的男人吃一碗我不喜歡的山藥泥蓋飯。

走出洗手間時，我決定很酷的告訴他，我討厭山藥泥蓋飯。結果雄糾糾氣昂昂的走出去，在階梯上一個踩空，我腿一軟，跌在地上。大家都站起來看，連老闆也都走出來關心。古青平趕緊到我旁邊扶我起來，這一刻，我恨不得自己消失在這個地球上。

一切都毀了，遇到他之後，我無時無刻都想結束我的人生。

「沒事吧！」他的聲音聽起來有點擔心，我實在是無法抬頭看他，我沒臉見人。

我點點頭，頭低低的坐回自己的位置，但其實我尾椎好痛。

接下來他變得多話，我卻一句話都不想說，只想回家。這世界上只有爽爽可以保護我、接納我，我再怎麼打瞌睡從沙發跌下來，爽爽都不會覺得我丟臉。

回家的路上，他再一次確定我身上的傷，「真的沒事？」

我本來都快說服自己忘記了，他又提起。我真的無法再假裝，咬著牙對他說：「沒事、沒事，真的沒事，你不要再問了，拜託你也快點忘記。」

他開始在車子裡大笑，笑出聲音的那種大笑，差不多笑了一分鐘，才停下來問我，「所以妳剛剛心情不好，是因為跌倒嗎？」

「對啦！」我有點生氣，跌倒已經夠丟臉，尾椎也夠痛了，還要被他笑。就算我再怎麼覺得他不錯，再怎麼對他有好感，也是有自尊的好嗎？

下一秒，他伸出手摸了我的臉，我嚇了一跳轉過頭看他。他笑著對我說：「妳怎麼那麼有趣？」

然後我就融化了，完完整整的十八歲少女。

*

因為這句話，我整個晚上連做夢都在笑，今天上班也覺得心情好好，開部門主管會議被盯得滿頭包也心情好好，小月業績分析報告少打三個零我也心情好好，連謝安婷說我今天的頭髮很亂，我還是覺得心情好好。

「妳今天是有病嗎？」謝安婷看不下去的對我說。

「沒有啊。」我笑著面她。

謝安婷一臉見到鬼似的，「最好妳沒有，昨天要死不活的，今天滿面春風，難道昨天發生了什麼事？天啊，難道那個一夜沒半次男打給妳了？」

「什麼一夜沒半次男？超難聽的。」我停下敲打鍵盤的手，瞪了謝安婷一眼。

她笑了笑，「不然咧？還是你們昨天第一次了？」

「妳可以不要這麼下流嗎？我們只是朋友，just friend，ＯＫ？」什麼事都要往那個方向去想，謝安婷的價值觀真的有嚴重的偏差，不懂為什麼男人都吃她這套。

謝安婷露出受不了的表情說：「拜託，少在那裡跟我說朋友兩個字，男女之間不會有純友誼，這件事拜託妳銘記在心。還有，少在那裡給我裝模作樣，妳莫子晨看起來隨和，其實跟每個人都有距離，放假就在家耍孤僻，除了我和方念華兩個朋友以外，還有誰？妳這人啊，不吸引妳的人，妳連一眼都不會看。妳把我當朋友，還不就是因為我長得漂亮又有腦袋。」

到底是誰給她這個錯誤消息的？

「我的槍呢？」我問小月。

小月驚慌的說：「我沒有拿！」

我無力的嘆氣，連我的下屬跟我三年了都還這麼沒默契，我到底還能期待這份工作可以帶給我多少的成就感？

「妳可不可以回去工作啊，妳知不知道我真的忙到快死掉了，我爸今天要出院，我晚上要回家吃飯。」我看了一下螢幕右下方的時鐘，繼續對謝安婷說：「現在已經四點五十了，我工作沒做完，妳、是、要、幫、我、做、嗎？」每天看到謝安婷在那裡閒晃，然後我連吃飯的時間都沒有，我的火氣就來了。

最後一個字才講完，我的手機就突然響了。我瞪著謝安婷，隨手一滑手機螢幕接聽來電，古青平的聲音傳了過來。

「嗨。」我的語氣突然轉換，讓謝安婷和小月同時望向我，我看了她們一眼，知道此地不宜通話，便起身走到茶水間。沒有預警會在這個時間接到古青平的電話，讓我覺得很開心。

「晚上有空嗎？要不要一起吃飯？」他問。

我有點沮喪的回應他，「今天可能不行耶，我爸今天出院了，我待會得要回家去看看他，順便在家吃飯。」如果爸爸知道我有一度為了古青平，想告訴他我今晚不打算回家吃飯，爸爸應該會哭。

而我也為我自己腦子裡閃過這樣的想法，向莫英雄道歉。

「沒關係，回家比較重要，我們可以吃消夜。」他笑著說。

我爽快的回應，「好啊，那我結束再和你聯絡。」

「嗯，慢慢來，我等妳。」他說

結束通話，我還在回味那句我等妳，謝安婷陰魂不散的聲音又在茶水間出現，「妳的表情好淫蕩喔妳知道嗎？莫子晨！」

我抬起頭瞪了謝安婷一眼，「台灣女人根本沒有誰能比妳下流，好意思說我淫蕩！」

她笑了笑，無所謂的說：「拜託一下，妳就不下流？最好妳看到帥哥都不會有任何幻想，最好妳都六根清淨看破紅塵，我只是比別人更誠實面對我自己的慾望，這樣叫下流？我才不想要明著當聖女暗著當騷貨，做人幹麼那麼累？我都講得很明喔，沒有欺騙過誰的感情。」

謝安婷說的每一句話我都無法反駁，她的確是很享受愛情這個遊戲，我們開始比較熟之後，她就告訴過我，她不想對感情認真。對她來說，感情就跟打電動一樣，想玩就開機，玩的時候開開心心，累了就關機，回到現實世界，不要浪費時間。

當她分享她的感情生活時，一開始我非常不能接受。她對感情的開放，也讓她惹了不少閒話。而最厲害的是，她一點都不介意，哪像我每一次分手，都會在意別人的眼光。

「好啦，知道妳好棒棒。」再怎麼跟她說，我都是輸，沒有什麼好說的。

「妳喜歡那個男生？」謝安婷很直接的問。

我看著她，她用更銳利的眼神看著我，我知道我瞞不過她，於是清了清喉嚨說：「目前還算是有好感。」

她馬上搖搖頭，「以妳剛剛嘴角笑的弧度超過六十度看來，應該不是只有好感而已，怎麼辦，莫子晨，我覺得妳有點不妙耶。」

不愧是見過大風大浪的謝安婷，鷹眼。

我無奈的笑了，把昨天晚上和古青平見面，兩個人一起去吃飯的事，還有我為了形象，吃了一碗討厭的山藥泥蓋飯的事，全都告訴謝安婷。

她聽完，一臉嚴肅的對我說：「我覺得妳該踩點剎車了，在妳還沒有摸清楚他的所有底細，交友狀況如何，對妳是什麼心態之前，妳最好把妳的好感收起來。」謝安婷說到一半，看了我一眼，「雖然好像有點來不及，但妳都還沒有好好認識這個人，就這樣喜歡上他，妳一定會受傷的。」

「沒有那麼嚴重好嗎？喜歡就只是喜歡，我也不一定要跟他在一起啊。更何況我很滿意現在的生活，自由自在的，想幹麼就幹麼。」我笑著說。

「拜託妳不要拿說服妳爸那套來說服我，當我三歲小孩啊？任何一個女人都需要陪伴，只是適合的方式不同而已。妳什麼都好，就是沒有挑男人的眼光，只要喜歡上一個人，妳連星星都可以摘給對方，不怕摔死的。被妳愛上的人很幸福，但妳會變得很悲慘，我不想再看到妳要死不活的樣子。」謝安婷不知道是在開導我還是恐嚇我。

「我都知道啊，我知道我不適合談戀愛，所以才想自己一個人自由自在啊。我不是小孩子了好嗎？我知道該怎麼做。」我試著安撫她的擔心。

每一次戀愛，再每一次回到單身，我發現還是單身的時候最快樂。周斯理告訴我，那是因為我每一次戀愛都在做別人，而不是做自己。

「最好妳真的一定要知道。妳再為了男人受傷，我就跟妳絕交。」謝安婷放完話後，就離開茶水間。

看到她這麼生氣，我忍不住想，我的戀愛真的有談得這麼糟糕嗎？不是每個女人都跟我一樣嗎？愛的時候用力去愛，分手的時候用力去哭，這樣不對嗎？

嘆了口氣，我回到位置上繼續工作。雖然偶爾會出神想起謝安婷的話，不小心質疑起自己在愛情裡的窩囊，但我還是努力的在時間內把工作完成，駕著小珍珠，用最快但沒有違規的速度回到家。

我想，生活就是這樣，永遠都得在現實裡處理自己的任何情緒。

回到家，一走進客廳，就看到爸爸和周斯理坐在客廳聊天，我一屁股坐在爸爸旁邊，「醫生怎麼說？檢查報告都沒有問題嗎？」

周斯理點了點頭，「外傷而已，不用擔心。」

「那就好，但你為什麼不去休息，去房間躺著不是比較舒服嗎？」我問爸爸。

他突然慌張起來，支支吾吾的說：「我躺很久了，不能起來坐坐嗎？」

奇怪了，我又沒有說不行，就只是問一下，幹麼反應這麼大。周斯理偷偷的用唇語對我說：「在等妳。」我對他使了個收到的眼神，然後發現，自己過去常覺得爸爸在賭氣，但我又何嘗不是因為他的賭氣也跟著賭氣。

現在到底誰贏了？我跟爸爸其實都輸了，因為我們錯過的那些，永遠都不會回來了。

於是我決定，從現在開始當個乖女兒，「可以，當然可以，你想幹麼就幹麼啊。」

爸爸很滿意的看了我一眼後，開始和周斯理繼續聊。兩個人在討論政治，我一聽到政黨、百姓、經濟，就會自動轉彎，於是我站起身，決定到廚房去幫美宜阿姨，卻在廚房看到了念華，她正跟阿姨有說有笑的，一起在試湯的口味。

念華發現我來了，給了我一個笑容，我也給她一個微笑。但我們以前並不是這樣的，我們是會手牽手一起去逛街的，我們是會見到面捏對方肚子，互相警告不能再這樣放縱大吃的朋友。

現在我們卻比普通朋友的互動還要不自然，這點讓我非常不能適應。

美宜阿姨看到我，很開心的把我叫了過去。我走到念華和美宜阿姨中間，阿姨拉著我，指著爐子上的紅薯燒雞翅，「這妳爸剛才拄著拐杖做的，他叫我不要跟妳說。」超幼稚，但我很感動。

我轉過頭問念華，「什麼時候來的？」

「下班就直接過來了，美宜阿姨說妳今天會回來吃飯，叫我也一起過來。」念華撥了撥她的長直髮，像以前一樣用輕鬆的語氣對我說。

「喔，下次妳可以跟我說啊，我可以順便去接妳。」我也盡量像以前一樣。

大家都想像以前一樣，但我們都忘了以前已經過了，現在的我們，才是真正的我們。

我和念華，現在的我們，真的有說不出來的陌生感，這一點我得承認。

於是，我離開了廚房，留下美宜阿姨和念華繼續討論食譜。那不是屬於我的地方，我連自己房子的廚房都只用來熱牛奶和煮泡麵而已，周斯理用的次數還比我多，我還是回我的房間躺著比較實在。

我搬出去之後，家裡還是留著我當初用的房間，維持得和我搬走的那天一模一樣。

我經過詩采的房間，不小心從門縫裡看到她趴在床上，房裡還傳來啜泣聲。我只好擅自走進去，坐到了她的床上。她發現有人，抬起頭，我差點被她滿臉的鼻涕嚇死。她更意外我會出現在這裡，嚇得差點跌到床下，還好我反應快，伸手拉住她。

她一坐穩，就馬上放開我的手，很不客氣的對我說：「誰說妳可以進來我房間的？」

我沒理她的質問，直接問她，「妳在哭什麼？」

「要妳管？」詩采仍然很不客氣的回話，但我一點都不覺得怎樣，她本來就沒有對我客氣過。

「我才懶得管妳。」我連我的屬下胡小月都管不好了，哪來心情去管到周詩采，她也不會讓我管。

我才起身想要離開，便看到她穿著長袖T恤的手，在手腕附近好像有一層白白的東西，我感覺不太對勁，直接抓起她的手，把袖子往上推，看見她手腕上裹了一層紗布，

「妳受傷了？」

周詩采急忙把手縮回去，「妳幹麼啦！」

「這是怎麼受傷的？」我問，她別過頭去，就是不肯說。

「我叫美宜阿姨來看看。」

周詩采馬上著急的叫住我，「就只是不小心撞到的，妳幹麼大驚小怪？妳真的很奇怪耶！想到才回家的人，突然這麼關心我，妳不覺得妳很好笑嗎？」

我沒理她的酸言酸語，下一秒就拉起她的手，快速的把她的繃帶解開。她試著想把手收回去，但她的手出生就是用來彈鋼琴的，力氣怎麼可能大過我三不五時得去門市幫忙搬貨的訓練成果。

繃帶拆開，周詩采的手腕上有一條淡淡的割痕，約莫〇．〇〇〇一公分寬，傷口微微泛紅。我看著這道傷口，果然很有周詩采風格，雷聲大雨點小。我抬起頭看她，「妳是想自殺，但怕痛，割不下去嗎？」

她眼睛紅紅的，臉也紅了起來，急忙把手縮回去。

「跟律師男友分手了？」我直覺的問，她沒說話，我當她默認了。

「蠢。」我很不客氣的罵了她。

她不服氣，流著眼淚說：「妳根本不懂，我那麼愛他，他居然跟他的已婚祕書搞上，那女的都四十歲了，長得又不比我漂亮，身材也沒有我好，他怎麼可以這樣對我？他丟不丟臉？」

「好，他去搞一個沒妳美、沒妳身材好的已婚婦女很丟臉，但我覺得妳為了這樣的男人要自殺，還不敢割下去更丟臉。他劈腿他犯賤是他的事，結果妳懲罰妳自己？妳真的蠢爆了。」

誰沒有傷過？誰沒有痛過？但我從來不會為了一段失敗的戀情，而有過想要結束自己生命的念頭，從來沒有。因為我知道別人拋棄了我，所以我不能再拋棄我自己。

我一說完，周詩采坐在床上大哭。我走到房門口，先把門關上，以免她哭得太淒慘，全家人會被嚇到。

我抽了幾張面紙遞到她手上，周詩采邊哭邊說：「這是我第一次這麼喜歡一個人，我還想要嫁給他，結果他居然這樣背叛我，我真的很不甘心！很不甘心！很不甘心啊！」

我嘆了口氣，把她摟進我懷裡，她掙扎著，但我沒有放開，三秒後，她在我懷裡崩潰大哭。我有很多話想對她說，我想告訴她，被背叛沒有關係，因為像我現在還是好好的坐在這裡。我想告訴她，不能跟喜歡的人在一起沒有關係，因為像我現在還是好好的坐在這裡。但我什麼都說不出來，因為我知道，現在的她什麼都聽不進去。

門口傳來敲門聲，「詩采，子晨在這裡嗎？」周斯理在門外喊著，聲音充滿著不確定，他一定是全家每個角落都找過了，才會找來這裡。

「有！幹麼？」我說。

我大概可以想像周斯理的表情，應該是在門外愣住了，只好幫他倒數五四三二一，

「那個，吃飯了。」他輕聲說。

「知道了。」我大聲回應。

周詩采漸漸冷靜下來，她發現自己靠在我懷裡時，馬上把我推開。傳說中的過河拆橋就是這樣，我看她情緒恢復不少，便站起身對她說：「妳知道報復王八蛋最好的方式是什麼嗎？」

她看著我，疑惑的搖了頭。

「讓自己吃好、睡好。」我微笑的告訴她，然後走出房間。

一到餐桌坐下，每個人都用著疑惑的表情看我。我真的很想跟他們說，是，我是第一次進去周詩采房間，然後呢？有這麼奇怪嗎？有奇怪到每個人都要嘴巴開開嗎？

我瞪了周斯理一眼，他馬上回過神，然後試著化解這奇妙的氣氛，「詩采在幹麼？怎麼還不出來吃飯？」

「她在哭，她剛剛對我很不禮貌，我在房間裡揍她了，但是她已經向我道歉，我也原諒她了，等一下大家就當作沒這回事。」我說。

「妳都幾歲了，還對妹妹動手，妳都不丟臉的啊？」爸爸嚴肅的對我說著。但我知道他不是真的要對我凶，而是他也要顧慮到美宜阿姨的心情，這就是多種家庭關係裡最複雜的地方。

美宜阿姨出來打圓場，「被揍是活該的，誰叫她老是對子晨說話不禮貌。」

話一說完，周詩采走進飯廳。看得出來她在房間裡極力想讓自己看起來沒事，但我只能說，像她這種女生，就是天生不能偷哭，都過那麼久了還眼腫鼻子紅。

好在大家很捧我的場，假裝沒事的開始吃飯。十幾年來難得我回來吃飯時爸爸的臉是笑著的。我看著，心情也很好。餐桌上大家隨意聊天，原來，可以放鬆吃頓飯是多麼幸福的事。

爸爸挾了燒雞翅到我碗裡，周斯理幫我剝好了蝦子，美宜阿姨幫我舀了一碗雞湯，「子晨，小心燙，這個中藥是我早上去抓的，對女生身體很好，而且潤胃，妳的胃不好，多喝點。」

我點了點頭，「謝謝阿姨。」

念華突然抬起頭對我說著，「子晨，妳真的好幸福，大家都那麼疼妳，尤其是美宜阿姨，這鍋雞湯還是為妳燉的，妳也該改口叫媽媽了吧！」

餐桌上頓時陷入一陣寂靜。

她笑了笑看向我，一點也不覺得自己踩到了我的地雷。

我不太懂她在這個場合說這樣的話到底是什麼意思。我看著念華，她假裝沒事般的繼續吃著飯，她明明是最清楚我們家狀況的人，卻還是觸碰這樣的話題，讓我覺得非常不高興。

「叫什麼又不重要，至少子晨對我媽很好。」周詩采濃濃的鼻音化解了全場所有人的不知所措。

美宜阿姨笑著對周詩采說：「妳也知道啊，妳看看妳開始賺錢到現在，有沒有買過什麼給媽啊？有沒有帶媽去吃過一頓飯啊？然後男朋友一年換三個，我現在警告妳喔，妳從現在開始，有確定要結婚的再帶回來給我們看，少回來家裡白吃白喝。」

周詩采突然詞窮，只能低下頭默默吃飯，但我很感謝她。

大家繼續回到剛剛歡樂的吃飯氣氛，念華卻開始迴避我的眼神。我決定等一下離開後，要找她好好說清楚，十幾年的好友變成現在這樣四不像，我不太懂到底是她的問題還是我的問題。

不小心想得太入神，手一鬆，筷子就這樣掉到地上。我打算彎腰下去撿，手又撥到美宜阿姨剛幫我舀好的雞湯，結果熱辣辣的湯就淋在我的手上。我忍不住叫了一聲，坐在我旁邊的周斯理馬上抓起我，帶我往洗手檯衝去。

「妳眼睛長那麼大是用來幹麼的？妳可以不要做什麼事都這樣慌慌張張嗎？上個月腳趾頭才踢到趾甲斷掉，今天又燙到手，妳是豬嗎？」周斯理邊用水沖著我的手，邊大聲的在我耳朵旁吼。

被燙到已經很不爽了，還要被他罵，「凶屁啊？是燙到我又不是燙到你，你是在生氣什麼氣啊！」

他瞪了我一眼，然後對周詩采說：「去拿我的車鑰匙來。」

送我去醫院的路上，周斯理的臉比榴槤還要臭，念華說擔心我的傷，也跟著我們來，但一路上我們誰都沒有說話。

我沒有說話，是因為被一碗雞湯燙傷去掛急診，這舉動很浪費社會資源，我沒臉面對社會大眾，所以無話可說。

至於其他兩個人為什麼不說話，我不知道，也沒有心情知道。

到了急診室，我對周斯理說：「沒有那麼嚴重好嗎？牙膏擦一擦就好了。」

他眼神超凶狠的往我臉上掃了過來。「幹麼那麼沒有幽默感？」我看著他說。

他冷冷的看著我，什麼話都不說，我也只好不要再自討沒趣，靜靜坐在急診室外等醫生來。

念華依然坐在我旁邊，一句話也沒有說。

醫生來了之後，看了看我的手，再看了看我，看了看周斯理，接著說：「還好，不嚴重，開個藥膏回去擦就可以了。」前後差不多一分鐘就結束了。

「確定嗎？她皮膚一片那麼紅真的沒有事嗎？不用打個針還是吃個藥？」周斯理真的好誇張，上次我腳趾甲斷掉，他還問醫生要不要開刀。

醫生也覺得周斯理大驚小怪，「不用，這連一度燙傷都不到，不需要打針吃藥。」

「確定嗎？」他再一次煩醫生。

「確定！」我直接幫醫生回答，對醫生說了謝謝，我就先走出急診室。

周斯理跟在我後頭，一直問：「妳真的沒事嗎？妳真的沒事嗎？妳真的沒事嗎？」

真的快被他吵死了，我氣得轉過身，沒想到他離我這麼近，我的臉硬生生往他胸膛撞上去。鼻子一酸，痛到我差點流淚，我摸著鼻子，朝他大吼，「你跟那麼近幹麼啦！我的手沒事，但我的鼻子好痛，我整張臉最好看的就這個鼻子，如果歪掉了，你要出錢讓我去整型！」

他伸出手一把摟住我的脖子，一手幫我揉著鼻子，語調放軟的說：「好啦好啦，對不起啦，看多少錢，我付啦！」

「你說的喔！那我要順便打一下玻尿酸。」我覺得我的嘴唇可以再厚一點，那樣一來我就可以變成小蔡依林。

結果周斯理的手直接用力的往我鼻子壓下去，對我說了一句，「得寸進尺。」我痛得出拳往他肚子揍，但他好像都沒有感覺，任憑我打。

拿完藥，周斯理去開車，我和念華就站在急診室門口等他，兩個人都沒有說話。本來晚上很想找時間跟她聊聊，畢竟她剛分手，心情一定很不好，我應該要好好陪她。但我們之間不知道從什麼時候開始變得這麼生疏，那十年的友情不知道躲去哪裡了。

再想到她剛在餐桌上說的話，我也不知道要再跟她說什麼，我怕我說話太直接，兩個人的誤會又再加深，雖然我根本不知道我們之間有什麼誤會。女人之間的爭執，真的可以完全不用原因。

我以為我們會這樣一直沉默，但沒想到念華開口了，「妳不覺得妳應該要跟阿理保持一點距離嗎？」

她的話我聽不懂，不知道是哪個星球的語言。我滿臉疑問的看著她，念華轉過頭來對我說：「再怎麼樣，妳和阿理也沒有血緣關係，妳不覺得你們之間的互動太親密了嗎？」

念華的話讓我的火氣逐漸升高，我冷冷的回她，「妳說這些是什麼意思？」

「就那個意思，你們名義上是兄妹，但你們其實沒有關係，行為舉止本來就要注意。」她繼續說著。

請問是要注意什麼？我們十幾年來都是這樣相處，她之前也沒有說過這樣不好，現在為什麼突然覺得不好？

「妳最近真的很奇怪，問妳是不是有什麼事也不說，那就算了，今天幹麼這麼突然關心起我和周斯理的兄妹關係？我們從以前就是這樣了，妳現在突然叫我們保持距離，不覺得很奇怪嗎？」我說。

念華也看著我，這是一個月來她第一次正眼看我，但她竟開始說一些莫名其妙的話，「我只是不希望妳被說閒話，想提醒妳，再怎麼親近，周斯理都不是妳真正的哥哥。妳最好把妳家的鑰匙也拿回來，不要再讓阿理去幫妳整理房子，甚至是洗衣服。妳都幾歲了？

這些事妳本來就可以自己做的，阿理都把妳寵壞了。」

我真的到了極限，很不爽的對著她說：「方念華，我到底是哪裡惹妳不開心？我跟周斯理要怎麼相處是我的事，更何況他是 gay，對我來說就是姊妹之情，妳現在扯到男女關係是有事嗎？」

她眼神突然變得有點犀利，語氣也很不客氣，「那如果阿理不是 gay 呢？妳敢保證妳會對他一點意思都沒有？」

我覺得站在我面前的這個人根本不是方念華。為什麼現在要來跟我吵這個？我懶得理她，仍然冷冷的說：「念華，如果妳還當我是朋友的話，我希望下次不要再聽到這些話。還有，我跟美宜阿姨的事也和妳沒有關係，我不介意妳來我家吃飯，但我介意妳干涉我和我家的事。」

一說完，我直接走到醫院門口，傳了簡訊告訴周斯理，我要自己先回家。

周斯理和麥克在一起那麼久了，他不是 gay 的話，難道我是嗎？而且就算他不是 gay，他不是 gay……我覺得好煩躁，我真的沒有想過他不是 gay 這件事，不過，就算他不是，他也是我的哥哥，我根本沒有想到那麼多。

念華的話讓我完全失去思考的能力，我伸手攔了輛計程車，心情非常低落的回到家。

十年來，我和念華幾乎沒有吵過架，今天是我們第一次正面起衝突。到今天才發現，不管幾年的感情，都敵不過一句重話。

我難過的打了電話給謝安婷，我知道要她接電話的機率幾乎是零，因為晚上十點正是她黃金時間，所以她真的沒有接。

周斯理打了三通來，我都沒接聽。他真的很無辜，我和念華吵架的怒氣都轉嫁到他身上，誰叫他是我們吵架的原因。

在我極需要一個人說說話時，手機螢幕突然出現了古青平的名字。我整個人像得到救贖一樣，接起電話，不自覺的脫口而出，「來陪我……」

這世界上的所有磨難，都遠比你想像的還要巨大。你總是以為自己能夠承受，但事實上，在這個時候，我們都比雞蛋還要脆弱。

今天晚上，我是一顆蛋。

第七章 女人的勇敢：面對愛情，女人永遠比男人還要堅強。

話一說出口，我就後悔了。

我一直都知道自己是很倔強的女人。我不喜歡在別人面前示弱，讓別人覺得你很強，就不會有人敢欺負你，因為這是保護自己最有效的方法。但也因為這樣，久了就覺得說出自己的脆弱是一件很不酷的事。

倔強久了，是會麻痺的。

我現在全身超麻。

掛掉電話後，古青平很快的就出現在我家門口。大門一打開，我都還來不及對他說聲嗨，他一看到我手上的紗布，馬上拉過我的手問著，「妳的手怎麼啦？昨天晚上明明還好好的。」

我笑了笑，縮回了手，走回客廳。「沒什麼啦，剛在家不小心燙到了，其實根本不嚴重，我哥就是很誇張，硬要叫護士小姐幫我包紮。」

「怎麼這麼不小心？痛嗎？」他站到我面前，關心的問著。

我搖了搖頭，然後繼續很蹩腳的澄清，「我真的不痛。而且，我剛說來陪我，其實是開玩笑的啦。我其實什麼事都沒有，我隨口說說的，本來想叫你不要來了，結果你手機都沒有接，我真的沒事……」

話都還沒有說完，古青平就緩緩把我拉進他懷裡，在我耳旁說：「少來了，快說吧，發生什麼事了？」

「沒事。」我在他懷裡，感覺暖暖的，就像那天晚上一樣。

「公司的事？」他問，我在他懷裡搖搖頭，「家裡的事？」他繼續問，我又再搖了搖頭，「朋友的事？」他再問著，我好像迷惑了一樣，點了點頭，然後又趕緊馬上搖了搖頭，是的，我又再一次在古青平面前打了自己巴掌，痛痛的。

他笑了出來，「說吧，我在聽。」

我本來不打算說的，因為要說很長，我覺得很煩，但他真的很有耐心的跟我磨。在他懷裡我就這樣很沒有志氣的，慢慢把我跟念華發生的事都講了出來，他邊聽邊撫著我的背，我有一種自己像畜牲，啊不，像小狗一樣的感覺。

就這樣，我什麼都說了，然後我們維持這樣的姿勢差不多半個小時，才剛說完念華的事，我突然聽到他肚子裡傳來咕嚕聲，我們兩個都忍不住笑了出來。

「對不起，讓你肚子餓了。」我笑著說。

「沒關係，至少妳現在看起來心情好多了。」他也笑了。

於是我幫他煮了泡麵，我唯一拿手的。

另外，再拿出之前周斯理帶來給我的，美宜阿姨做的小菜，讓他吃了豐盛的一餐。他吃得很開心，我收拾好桌面，難得十分賢妻良母的把碗筷也洗了。

我走回客廳時，古青平在沙發上睡著了，而且還開始打呼。我聽著他的打呼聲，覺得他好可愛，我走到沙發旁，蹲下看著他的睡臉。他單眼皮，但睫毛很長，他鼻子很高很挺，不過毛孔有點大，他嘴唇小巧，唇型卻很性感，他……

他突然睜開了雙眼，然後緩緩的吻住了我。

接下來發生的事，如果要在電視上播出，就需要上馬賽克了。是的，我們上床了，在他吃完泡麵，在我洗完碗筷之後。聽起來很不浪漫，但我卻非常喜歡。女人要的其實不是燭光晚餐，而是現實生活裡的一點點心動。

我們躺在床上，聽著彼此的呼吸聲，做愛不難，難的是接下來，我們到底要怎麼樣面對彼此。我在等他說點什麼，他也在等我出聲，但整個房間安靜得連細菌繁殖都聽得到。

「子晨。」他叫著我的名字，我的內心激動了一下，來了來了，他到底要對我說什麼？

當我在期待他的下一句話時，他的手機突然響了起來。於是他下床，從他的外套裡拿出手機接起來，用我很陌生的英文交談了一下後，他結束通話，邊穿衣服邊對我說：「公司有急事，我得先回去處理。」

在這個時候？

我都還沒有聽到他要說什麼，他居然就這樣要走了？但我當然不會把這種心情表現在臉上。就算他要玩玩，我也不能表現我的在乎，我只能假笑的說：「好，路上小心。」

對，不要懷疑，每個女人都是標準的雙面人。

他似乎有話想說，但猶豫了三秒，卻只說了，「好，那我先走了，我再打給妳。」

我點了點頭。

我起身走到浴室，好好的洗了一個澡，我突然好想問謝安婷，在一夜情之後，我到底該用什麼心情面對自己？我現在只想告訴全世界，你以為可以在某個人身上得到救贖的話，那現在真的可以拿磚頭敲醒自己，因為實際上，只是把自己推入另一個黑洞而已。天下果然沒有白吃的午餐，我以為自己吃飽了，但事實上，我更餓了。

做完愛的這個晚上，是我單身三年來最空虛的一晚。

隔天早上，我像往常一樣，在鬧鐘響的時候醒來，刷牙洗臉換衣服化妝，買了豬排蛋吐司加一杯拿鐵，在一樣的時間打卡上班，和小月一起吃早餐聊天打屁，整理了會議要用的資料後，走進會議室開會。

前兩次吃了大敗仗，這一次我不想再退讓。我捍衛了我的創意，我和小月事先模擬了所有部門經理會提出的問題，然後一個一個解決。我拿我準備好的答案，一個一個塞住他們的嘴，於是，得到總經理的讚賞，並要求所有部門全力配合，案子很順利的通過了。

男女關係的處理我已經很弱了，總不能連工作都做不好吧！我收拾完東西，心滿意足的離開會議室，謝安婷走到我旁邊，「妳今天……不太一樣喔。」

我轉過頭看著她說：「妳今天一樣很煩。」

她笑了笑，「為什麼我總覺得妳今天特別有女人味？有點正耶，妳昨天是不是陰陽調和了，所以今天氣色才會這麼好。」

不得不說，謝安婷真的很強。

原本到口的話，我又吞了回去，如果我告訴謝安婷，我被射後不理，她可能會連續大笑三天，這件事我可能會再被她拿出來笑三年，甚至三十年。想到這種情景，我用力捏了自己大腿，死都不能說。

「神經！少來煩我，我有很多事要做。」我快速的回到辦公室，假裝忙碌，然後再抬頭偷瞄謝安婷的反應。她正看著我，想把我看穿那樣的看著我，果然什麼都瞞不過她，但戲演到一半了，我還是努力繼續演完。

跟過日子一樣，再怎麼難過，我還是要繼續過下去。

就這樣過了一個星期，古青平就好像消失一樣。或許從他離開我家的那一刻起，我就做好了他不會再跟我聯絡的心理準備，所以我每天起床的第一件事，就是告訴我自己，不要期待。

上班時，我把手機關機鎖在小月的抽屜。周斯理一直問我為什麼不開機，我不知道該怎麼解釋，也不想解釋，這種行為只是一種無謂的掙扎。晚上下班開機時，再告訴自己一次，不要期待。

我知道我很無聊，但這是我唯一能夠為自己努力的方法。

「子晨姊，二線電話。」小月對我說。

我拿起電話，周斯理的聲音傳了過來，「叔叔叫妳晚上回家吃飯。」

我都還沒回答，電話那頭居然傳出了念華說話的聲音，雖然音量很小，但十幾年朋友，我還聽不出來的話就太弱了，「念華在你事務所幹麼？」我有點不爽的問。

「她剛好經過，買了咖啡過來，我媽也叫她一起回家吃飯。」周斯理說。

「那我不回去了，跟我爸說，我明天再回去。」可憐的周斯理又被我掛了電話。可憐了我爸，我現在一點都不想面對念華，我光是處理自己的情緒都快累到沒力了。

這個晚上，我在公司加班到午夜十二點，回到家一點半，我連洗澡都沒有力氣，累得手機都沒有開機，自然而然，也就不用說服自己不要期待。忙碌果然是遺忘最好的方法。

結果我一早起床，就看到周斯理睡在我的沙發上。我轉身回房間，拿了條被子幫他蓋上，真心覺得很對不起他，全世界唯一一個可以讓我這麼任性對待的人，就是周斯理。只能算他運氣不好，有我這種妹妹。

不知不覺，我看著周斯理熟睡的臉入迷，不得不說，他長得真好，乾乾淨淨的，五官又分明，皮膚比古青平好一點……想到這，我馬上搖搖頭，都過了一個多星期，我為什麼還在想古青平？我懊惱的打了自己的臉一下，周斯理突然動了動，我嚇得跌坐在地上。

恢復鎮定後，我又繼續看著周斯理的臉，腦海突然閃過念華說的那一句，「如果阿理不是 gay 的話……」我馬上站起身，說服自己周斯理就是 gay，光是想到他不是 gay，很男人的樣子，我都忍不住害羞了起來。

我轉身回房間換好衣服，準備要離開去上班，周斯理還在沙發上睡覺。我留了張小紙條，要他記得幫我收衣服，順便把冰箱過期的小菜處理一下之後，摸了摸他的頭，才滿意的出門上班。

不要再管念華說了什麼，周斯理就是我哥，這是我剛剛在房間裡邊換衣服邊告訴自己的結論。

到了公司，我繼續把昨天晚上未完成的工作完成，卻聽到周圍傳來細細小小的談論聲，但我並沒有在意。過了不久，小月突然跑到我旁邊，「子晨姊，妳知道嗎？吉娜經理回來了耶，聽說她不結婚了，而且她老公……。」

小月還沒有說完，我就看到吉娜從總經理辦公室走出來，那些八卦聲突然消失。真心覺得這些人有本事怎麼不去本人面前說？

吉娜往我們這個方向走來，看了我和小月一眼，她的臉就像昨天晚上哭了五個小時那麼憔悴，她很冷淡的對我說了一句，「把最近所有的工作事項跟我做個報告。」

我點點頭。

花了十分鐘整理好手邊的資料後，我走進吉娜的辦公室。她坐在椅子上，我看到她很努力的想要假裝沒事，但女人最厲害的，就是拆穿女人，我不知道她到底發生了什麼事，我也不想知道。

自己的痛，自己都要想辦法處理，唯一需要交代的對象，不是別人，是自己。

「經理，跟妳報告一下……」我拿著手上的資料，準備要好好的說明手上的案子。

「想笑就笑吧。」吉娜突然這樣跟我說。

我一臉疑惑的看著她，不明白她的意思，結果下一秒，她就在辦公室裡，坐在自己的位置上崩潰大哭。我馬上把所有能夠看到這個房間的玻璃窗窗簾都拉上，以免那些八婆又有新話題來配她們的午餐。

我看著吉娜坐在辦公椅上哭得跟小孩一樣，我也忍不住鼻酸起來。或許我不能夠體會她受到的痛，但我可以明白她在愛情裡受到的委屈。我就站在她面前，看著她整整哭了半個小時，用完一盒衛生紙。

本來打算讓她好好哭完，我再進來跟她報告。但她邊哭邊說：「我知道全公司都在笑我，對，我不自量力跟一個小我十歲的男人在一起，還幻想可以有一個幸福的家庭，結果現在男人跑了，辛苦努力存的錢也都沒有了，我是不是很可笑，妳笑啊，妳笑！」

女人只要一失戀，就覺得全世界她最慘。

「沒什麼好笑的。」我自己也談過很失敗的戀愛，就連現在，光是個一夜情都消化不好，我有什麼資格笑人？

吉娜突然衝到我面前，對著我大吼，「妳少騙人了，妳一定是在心裡面笑我，妳就直接笑啊，不要在那裡假惺惺！你們全部的人都一樣！」

我被她失控的樣子嚇到，愣在原地，謝安婷突然開門走進來，把我拉到旁邊，對著吉娜說：「妳有完沒完？不就是一個爛男人，也值得妳哭成這樣？妳自己看看妳現在這個樣子，不應該被笑嗎？」

安婷的直接，讓吉娜更加抓狂。她伸出手拉住安婷的頭髮吼，「妳懂什麼？都是妳當初害我和凱文分手，如果不是妳介入，我跟凱文怎麼會分手，然後遇到這個爛男人？全都是妳害的，妳這個婊子狐狸精！」

謝安婷不是省油的燈，也伸手抓著吉娜的頭髮用力扯著，「妳自己都不檢討自己，都是妳這種個性，才會把自己害成這樣。妳就是活該，不要把錯推到別人身上，妳是沒有判斷能力嗎？還敢在這裡哭！」

兩個人就這樣打起架了。短短的三分鐘內，她們繼續互罵著，連髒話都出來，要不是在現場，我真的很難想像女人可以把話說得這麼髒。我趕緊想要拉開她們，結果我的衣服反而被吉娜拉住，就這樣夾在兩個人中間，被她們的口水噴到臉上。

不知道什麼時候，我的頭髮也被扯住了。我痛得叫了出來，但她們兩個還是死不放手。這時候就真的得要相信人的潛力有多麼無窮，我又氣又痛的用力把兩個人同時推開，原本穿得漂漂亮亮的兩個人，頭髮凌亂衣衫不整的跌坐在地上。

「妳們兩個好了沒，小學生嗎？居然還打架，丟不丟臉啊？妳們兩個其實就是半斤八兩，一個是沒自信，一個是太多自信，兩個脾氣都很硬，倒楣的都是我，真正該動手的人是我好嗎！」我生氣的轉身離開辦公室。

然後，我只能說窗簾根本沒有用，到最後全公司的人還是都知道了。

我回到位置上，把自己稍微整理一下後，繼續工作。小月想開口問點什麼，我馬上抬頭，用眼神讓她閉嘴。一大早就捲入這樣的事件，我決定下班先去拜拜。

接下來一整天，謝安婷沒有再來到我的位置旁騷擾我，吉娜也一直都沒有從辦公室走出來。我難得清靜了一整天，卻什麼事都沒有做，倒是上網買了兩套冬裝和兩雙長靴。

下班時，我走到公司門口，看到一個很面熟的男人，正靠在柱子旁用自以為很帥的三七步站著。我想了很久才想到他是誰，畢竟我只見過一面，而且是在吉娜的辦公室。

吉娜的這位「前」未婚夫怎麼還有臉來這裡？難道是來等吉娜？

我還在想要不要過去罵他兩句時，他往我這裡走了過來。我以為他這麼識相要走來讓我罵，結果他朝我喊了吉娜兩個字，我背後傳來吉娜的聲音，叫他滾。

好了，我都還來不及去拜拜，又要親眼目睹一場鬧劇。

我其實可以轉身離開的，反正根本不干我的事，但我該死的就是移不開腳步，看著吉娜和前未婚夫吵架。原來是她前未婚夫把錢都給輸光了，還欠了一屁股債，想要吉娜幫他忙。他拉著吉娜的手不放，吉娜掙扎著。

我其實真的可以轉身離開的，但我還是該死的走過去想要拯救吉娜。只不過，我還沒有出手，謝安婷的腳就突然出現，使勁踢了那男人的小腿一腳，然後不意外的，吉娜的前未婚夫不爽的出手揍了謝安婷，謝安婷被狠狠的打了一巴掌。我和吉娜嚇了好了大一跳，沒有男人對謝安婷動手過。

謝安婷抓狂的和那個男人打了起來，我和吉娜當然也不能閒著，就這樣，我一天打了兩次架。吉娜的前未婚夫滿身傷的離開，公司門口聚集了一堆人在看好戲，謝安婷對著那些觀眾說：「有什麼好看的？也想被揍嗎？」突然覺得謝安婷沒有去當太妹好可惜。

她一定可以成為黑道的女幫主。

我看到謝安婷臉頰上腫了好大一片，而吉娜的衣服被扯壞，手腕上有好深的抓痕，我的長窄裙也從小腿開到大腿。我們三個人對看，下一秒，同時笑了出來。

謝安婷罵吉娜，「妳還好意思笑，看看妳都挑了什麼男人。」

「爛男人啊，不然我現在怎麼會這樣？」吉娜開始自嘲，她這樣的反應讓我很放心，當人可以取笑自己的失敗時，就是放下傷痛的第一步。

我從地上撿起因為打架而拉斷背帶的包包，對著她們兩個說：「妳們慢慢聊，我要回家了。」我沒忘記今天說好要回爸爸家，沒等她們回話，我已經走向停車場。

到家後，爸爸有點不高興，我知道他在因為我昨天沒回家而鬧彆扭，於是我坐到他旁邊撒個兩下嬌，他就心花怒放了。現在才知道，原來爸爸們都這麼好打發。

「妳今天怎麼看起來這麼累？」爸爸擔心的問。

我怎麼好意思跟他說，你女兒活了三十二年，今天跟人家打架了，只能用工作等理由來敷衍一下。但我真的要說，打架著實是一件好累的事，於是我打算在吃飯前先回房間小睡一下。

經過周詩采房間，她的門沒有關，我看著她正躺在床上，左手抱著珍奶，右手拿著巧克力洋芋片，地板上還有吃一半的水果盤，吃剩的爆米花，還有一堆未拆封的零食。

「妳現在把自己當豬養嗎？」我看著這一幕，不可思議的說著。她一定不知道，女人過了三十歲，脂肪有多麼容易累積，新陳代謝有多麼緩慢。

周詩采聽到我這樣說，一臉疑惑的問：「妳不是說報復壞男人最好的方法就是吃好睡好嗎？」

是沒有錯，但我沒有要她這麼嚴重的曲解我的意思。

「吃好睡好是一種心理狀態好嗎？我沒有叫妳把自己養胖，除非妳有把握瘦回來，不要再吃了，都要吃飯了！」我對周詩采搖了搖頭，轉身離開。

才回到房間，躺到自己床上不到十秒，門就被打開了。想都不用想，我直接說：「周斯理，我好累，讓我睡十分鐘。」

「妳真的很好意思耶，一直掛我電話，還好意思叫我幫妳收衣服，整理廚房？」周斯理聲音非常不爽的說。

我依舊閉著眼睛，「那你有沒有弄？」

「當然有啊！妳那些小菜都酸掉了，妳知道光那些盒子我就洗了半個小時。」他很不爭氣的說，但我很滿意的笑了。

「知道了，你退下吧。」我說。

突然我覺得床鋪一沉，下一秒，我的臉已經被枕頭蓋住了，「退下咧，妳真的是把自己當皇太后了嗎？」

我掙扎的坐起身，拿起枕頭猛反擊。原本舉著手擋的周斯理看了我一眼後，伸手抓住了我的手，表情變的很嚴肅，「妳手肘為什麼在流血？」

「有嗎？」我怎麼不知道？我舉起手低頭一看，才發現自己的手肘有一道很長的擦傷，滲著血。還好傷口不深，也難怪不太痛。

然後周斯理又用手撥了我的劉海，「妳額頭有抓傷耶，妳今天到底幹麼了？」擺出一臉我不說清楚，就會去跟大家告狀的表情。

於是我一五一十的全都告訴他，周斯理幫我擦藥的力道也越來越大，邊擦邊唸，「這種情形妳就離遠一點，打打打！妳以為妳是章子怡嗎？妳以前是混太妹的嗎？」

「很痛耶！」我說。

「妳長這麼大，沒有保護自己的能力嗎？」周斯理不屑的看著我。

有，但那通常就是馬後砲，事情發生時，你最好想得到要保護自己，朋友被打，你不出手嗎？慾望一來，你衣服不脫嗎？當你瘋狂付出的時候，最好還想得到保護自己。

周斯理就是不懂。

被他整整唸了十分鐘，太害怕他會去告狀，我只好忍下來，開始放空。突然他對我說：「妳最近為什麼一直關機，發生什麼事了？」

「沒有。」我馬上回答。

「哪個男生？」他繼續問。

「沒有。」我說。

沒有哪個男生。

其實古青平消失的第五天起，我幾乎已經相信自己每天說服自己的，古青平不會再出現在我的人生。他不會再打電話給我，也不會再和我聯絡，他就是我人生中的一個過客，至少我曾經為了他短暫的心動，這樣就夠了。

當我逐漸熟悉這樣的狀態後，那種失落感或失戀感，就慢慢的變淡了，然後我每天都在告訴自己，從今以後不要再隨便心動，還是回到單身的生活，心裡不用牽掛任何人的時候最自在。

我決定，要單身一輩子。

不等周斯理再繼續問，我直接離開房間，剛好美宜阿姨叫我們吃飯。我甩開今天打架的事，甩開古青平的事，然後我會讓詩采見識，什麼叫真正的吃好睡好！

於是我吃了兩碗飯，還喝了三碗湯，吃完水果後，腦袋有點缺氧直接在家裡的沙發上睡著了。再次醒來，已經是晚上十二點多了，而我是躺在自己房間的床上。本來想說直接在家裡睡好了，但想到明天還要早起回去爽爽換衣服，我就決定還是回爽爽睡。

一走到客廳，周斯理突然在我後面說話，「妳要去哪裡？」

我嚇得差點叫爸爸，伸出就打周斯理壓壓驚。

周斯理不贊成我那麼晚了還開車回家，但連隔壁陳媽媽的孫子都知道，我沒有甩過周斯理，而我也不要他在那裡送來送去。答應他回到家會給他電話後，我就駕著小珍珠回爽爽了。

我整個人呈現很想睡，但又要忍住的狀態。迷迷糊糊走到家門口，門才一打開，又有人從我後面叫住我。而這個聲音，讓我整個人都醒了過來，掙扎著到底要不要回頭。

因為我清楚回過頭的嚴重性。

所有女人都會面臨的一種挑戰，要或不要。我知道，當我決定回頭時，那所有的一切又會重新開始，這幾天的自我說服和自我安慰都只有兩個字，叫白搭。

他再叫了一次我的名字，我告訴自己，絕對不能回頭，一定要馬上開門進去關上門，結果我卻好像中邪似的，轉過身，微笑的對他說了聲，「嗨。」

一說完，我在內心罵自己，妳是豬嗎？莫子晨！

古青平的臉，就這樣映入我的眼前，他一樣像個王子般站在我的面前，露出他一向意氣風發的笑容，好像這一個星期的消失都沒有發生一樣，只有我自己一個人在這段時間內胡思亂想。

是不是他覺得嘴邊的肉不咬一口很可惜？還是我那個晚上表現太差，讓他沒有辦法回味無窮？我替他想了千萬種他消失的可能原因，能夠說服的我的只有一個，就是我莫子晨對他來說，根本就不是一回事，所以他可以很理所當然的隨意進出我的世界。

想到這，我忍不住板起臉看著他。

古青平馬上跟我解釋，「我臨時到歐洲出差，有時差又一直在開會，沒辦法跟妳聯絡……」

身為女人都知道這種話有多少 bug，一通電話或是一則簡訊，不過就是上個廁所的時間，一分鐘很難嗎？傳個幾個字很難嗎？總之就是一件事，有沒有心而已。一念天堂一念地獄，為什麼男人都不懂？

我真的很想扠著腰，發狠的對他說不要拿工作忙來敷衍我，哪個人生活裡不用被工作追著跑？但他還沒有說完，我馬上笑著告訴他，「沒關係，工作比較重要。」

誰叫一堆談兩性關係的文章都叫女人要懂得體貼，什麼「四句女人絕對不能對男人說的話」、「身為好女友的特質」、「四招讓妳的男人離不開妳」……搞得男人只要為了工作，女人就沒有生氣的權利。

每次看這種文章都邊看邊翻白眼，忍不住在心裡說，女人就是都該死。但真的發生時，自己也真是該死的窩囊。

古青平原本緊繃的臉部馬上放鬆，從口袋裡拿出一個盒子，打開遞到我面前。裡頭是條銀手鍊，上面有好幾個精緻小巧的水晶穿木鞋當墜飾，「我去阿姆斯特丹開會經過一間店，看到這條手鍊覺得很適合妳。」

我愣在原地，看著他把手鍊戴在我手上，或許我應該為了他買禮物給我的心意而覺得感動，但對實際的我來說，能夠化解我內心的焦慮，比較重要。買禮物的時間，給我一封簡訊，我就會快樂得飛上天。好吧，是我難搞，是我這種女人特別難搞。

「妳戴起來很漂亮。」他說。

我回過神，很沒志氣的說：「謝謝你，我很喜歡。」其實我比較想嗆他，拿禮物來賠罪這舉動很遜，但沒志氣的自己更遜。

我再一次覺得單身萬歲，喜歡上一個人真的是自找麻煩。

我們一起進了門，古青平坐在沙發上，我幫他倒了杯水，然後坐在L型沙發的另一端。他看著我，有話想說又不知道從何說起的樣子。我看著他，打算給他來個下馬威。

「那天的事，你不要想太多，反正就是很自然發生，你情我願的事。」我假裝瀟灑的說。輸人不輸陣，我想為自己扳回一城，早知道就先問謝安婷，一夜情過後要怎麼和對方談判才會感覺比較厲害。

換他愣了一下。

古青平又沉默了一會兒，真摯的對我說：「子晨，妳很可愛，我很喜歡妳，但我必須很誠實的對妳說，現在的我，還不知道有沒有辦法維持一段穩定的感情。」

喔，翻成白話文就是，我滿喜歡妳的，但老子還不打算讓妳當我女朋友。我心裡的白眼真的翻到像在彈貝多芬第五號交響曲，我也賭氣的說：「喔，我也沒有想要談戀愛。」

再說一萬次，單身萬萬歲。

他看著我，又愣了一下，可能沒有想到我會這樣回答。想到謝安婷曾經說：「要當一個叱吒風雲的女人，就是要讓男人意想不到！」原來謝安婷是所有女人的愛情葵花寶典，她應該要出書才對！

我再給了古青平一個世界級的微笑。

他也回應我一個微笑，「或許，我們可以用伴侶的方式相處，無聊的時候、不想一個人的時候，可以互相陪伴。」

喔，翻成白話文的意思是，我可以對妳做任何情侶都會做的事，但我們不是情侶，我們是不需要對彼此負責的伴侶，真有趣。

他看我沒有反應，繼續說著，「我先前結束一段感情，那段感情傷我很重，所以我沒有把握能夠再像過去那樣投入一段感情……」

好了，我覺得他應該是有請ＦＢＩ調查過我的所有一切，包括我莫名其妙的母性都摸透了。這種話完完全全激起了我的母愛，我就是膚淺，我就是不自覺會同情弱者，我心疼了他的遭遇，即使這種話聽起來就是把妹用語，但我就是很沒有用的母愛噴發。

「我不想騙妳，所以很誠實的告訴妳，如果妳不能接受，我也可以理解，畢竟妳是個好女人。」古青平繼續說。

我看著他，他也看著我，氣氛就這樣冷住了。

過了一分鐘，我開口了，「你要吃點東西嗎？」我說。

他愣了愣，然後對我點了點頭。我走到廚房，做了我的拿手好菜——泡麵，還幫他加了顆蛋。

過去的我，聽到這樣的提議，可能會直接把泡麵倒在他臉上，但現在的我想的卻是：如果我是一個戀愛都會失敗的人，或許，我該用另一種方式來和另一半相處，情侶的模式如果不適合我，那麼伴侶的方式，會不會讓我看到另一個世界？

當我厭倦了戀愛的順序，幾近一模一樣的SOP，重新再愛上一個人，重新再建立一段關係裡的親密和默契，走進對方的世界，在他的星球裡探索冒險，跌跌撞撞後，他告訴我：妳不適合我。結果又要重新開始。

想到這裡，我已經累了。

我知道我在冒險，但人生走了二分之一，我過去深思熟慮的決定，也沒有給我更好的未來，我知道這樣的任性可能會帶給我傷害，但這一次，我只想憑感覺走……

就讓我為我自己任性一次。

隔天早上，我和古青平一起出門上班。

出門前，他伸手撥了撥我亂掉的劉海，對我說：「我今天進公司後，可能又有開不完的會，不一定能打電話給妳。」

我愣了一下，伴侶之間需要交代這些事嗎？但我還是很開心，他總算上道了一點，「嗯。」我微笑的點點頭。

到了公司，小月馬上告訴我，昨天下班在公司前面打架的事，全公司同事都知道了，「妳們好帥喔，子晨姊。」小月一臉崇拜的看著我。平常我那麼認真教她工作上的東西，她都不覺得我帥，早知道我就去混黑道。

我的電腦才剛開機，就看到謝安婷和吉娜有說有笑的走進辦公室。我嚇了一跳，不，何止是我，全公司有眼睛的人都嚇了一跳，水火不容的兩個人，能夠不言語相向都夠讓人驚訝了，更何況是這樣的場面，太歡樂了，根本不適合她們。

謝安婷對我打了招呼後，走進她的小辦公室，吉娜也往我們部門走來，端著咖啡，對我說了一句，「子晨，昨天沒有完成的報告，麻煩妳等等再繼續。」然後她帶著微笑走進了自己的辦公室。

我和小月對看了一下，起了雞皮疙瘩。

我整理好資料，到吉娜的辦公室，把目前所有案子的工作進度都對她詳細報告，她把每個進度裡可能會有的狀況，還有該注意的事項，都幫我標示在報告書上。她現在這麼專業的樣子，誰會想到她昨天還為了個渣男坐在位置上大哭。

女人的韌性，可怕。

「我聽安婷說，妳跟那幾個老頭對抗表現得很好。」吉娜抬起頭笑著對我說。

Excuse me！吉娜剛剛是叫安婷嗎？安婷兩個字嗎？我一陣反胃，我和謝安婷認識這麼久，我都沒辦法叫她安婷。

我努力的吞了口口水，真的很怕自己會在這裡吐出來，「沒有啦，是她也教我滿多的。」我搬出場面話。

吉娜笑了笑，「我之前剛升部門經理時，被那幾個老頭盯到很想放棄，他們都覺得女人成不了大事，他們要不是董事長的親戚，就是總經理的朋友，才能繼續在公司裡騙吃騙喝，所以只要妳覺得是對的，都不用對他們客氣。」

我點了點頭，還是不能習慣吉娜對我這麼溫柔。

做完報告，再和吉娜開會討論完，已經是三個小時之後了。我離開吉娜的辦公室，直接衝到茶水間，我需要喝茶壓壓驚，吉娜整個人變得完全不一樣，真心想把我給嚇死。

但先嚇死我的人，應該會是謝安婷，在我喝熱茶時，她悄悄走到我背後，大聲叫了我的名字，我差點沒有被燙死。

我轉過頭瞪著她，她俏皮的對我眨眨眼，自以為可愛，「少用對付男人那套來對付我，我不吃，謝謝！」

謝安婷笑了笑，「那要不要去吃午餐？」

我點點頭，然後好奇的問她，「妳和吉娜是在演哪一部戲？不到二十四小時，這種變化都快要把我給驚呆了。」

謝安婷一臉我問了廢話一樣，很自然的說：「兩個人講開就沒事啦。我對她又沒有什麼意見，也沒有什麼深仇大恨。」

講得好像過去那幾年她們都沒有吵架一樣，是把我當白痴嗎？女人的友情永遠讓人無法理解，也不要試著去理解，因為非常的浪費時間，所以我打算不要再繼續這個話題，反正她們開心、不要再吵架，我日子好過就好。

正要跟謝安婷去吃午餐時，我外套口袋裡的手機響了。我接起來，古青平的聲音突然出現，我有點訝異，因為早上他才告訴我今天會很忙。

我不自覺的笑著說：「不是說會很忙？」

「現在午餐休息十分鐘，趁空檔打個電話給妳。」他說。他是被雷打到了嗎？怎麼突然開竅？

「吃飯了嗎？」我問。

他笑了笑，「沒什麼胃口，還在調時差，妳趕快去吃飯，我要繼續開會了。」

我微笑的掛掉電話。

謝安婷露出看好戲的表情問我，「是他嗎？」

「不是。」我馬上回答。

我沒打算告訴任何人我和古青平的事，昨天晚上躺在他的懷裡，我已經做好所有的心理準備，把最壞的結果都想了一遍。

當你知道這是一段隨時會結束的關係，其實就不會再有得失心了，因為失去是早晚的事，而我要做的，就只有提醒自己不要太過投入，這樣就可以了。

畢竟過去用力付出，也沒有多好的下場。

想到這，我忍不住笑了，是被愛情欺凌到多慘，才會對感情如此消極？雖然對愛有點恐慌，但我知道，這個世界上，有很多人跟我一樣。

曾經那麼無助和迷惘。

# 第八章

女人的房間：
裡面都關著她們某部分的靈魂和回憶。

日子在過，總是你無法想像的快，星期一來了，轉眼就是星期五，有時候你甚至不記得自己在這個星期到底做了哪些事。我和謝安婷得到的結論就是，我們都要去買銀杏。

自從謝安婷和吉娜破冰之後，我們三個人加小月就常常一起吃午餐。原本覺得吉娜個性古怪，到最後才發現，她是我們四個人中脾氣最好的，只要她不談戀愛時，就是個很正常的人。所以我們給了她一個人生的方向，就是出家。

沒想到她居然很認真考慮，最近還在研究金剛經，打算下星期請長假去尼泊爾靈修。她開心的和我們分享到時可以看到哪位仁波切，可以繞什麼塔，可以增進什麼智慧，但我們一點都不在乎，謝安婷只叫吉娜記得幫她買十支眼線筆，小月要三條圍巾，用來孝敬男友的媽媽、姊姊和妹妹。女人只要一談戀愛，有一半以上的人會忘了自己姓什麼。

而我，什麼都不要，只要吉娜記得把工作結束再去，我就心滿意足了。

我的手機鈴聲響起，我看了來電顯示，走到外頭接聽，用著自己都沒有想過的輕聲語調和古青平聊天。要不是我隨時對自己耳提面命，我真的會以為我和古青平在談戀愛。

每天中午的問候電話，每天晚上的晚安電話，兩、三天就會見一次面，一起吃飯或看電影，兩個人一聊起來就沒完沒了，什麼話題都可以講。我們都喜歡吃辣，最大的樂趣，就是去找沒有吃過的知名料理。

我們都喜歡看展覽，有時候開著四個小時的車，就為了到高雄看展，再輪流開車回來。我們兩個都有某種程度的完美主義，所以他對工作很執著，為了一個細節，可以花上幾個小時調整，或是推掉我們的約會，我都可以接受。

「不會又吃義大利麵了吧！」他來電第一句就是這個，因為公司附近沒有什麼餐廳，我們只能在附近的義大利麵館吃午餐。

「叮！我今天吃排骨飯。」就是為了不要再吃義大利麵，我們特別開車到附近的簡餐店吃飯。

他笑了笑，「晚上要去看電影嗎？不過我忙完可能十點多了。」

「好啊。」我很樂意的回答。

他接著說：「那我要下班的時候再打電話給妳，快去吃飯，多吃點。昨天抱妳的時候，覺得妳變瘦了。」

我都還來不及回應，他就已經先說了再見掛掉電話。而我卻為了他的這一句話，忍不住臉紅起來，然後自以為鎮定的走回餐廳，冷靜的拿起筷子繼續吃。

「我就看妳什麼時候才要坦白。」謝安婷突然開口嗆我。

「真的，一臉就是談戀愛才會有的表情，不錯的男生就介紹大家認識一下啊，幹麼這麼保密？」吉娜也跟著附和。

就連小月也開口說：「對啊，子晨最近變得好漂亮，女人果然要談戀愛才可以。」結果馬上被謝安婷將了一軍，「妳現在的意思是妳們家老大不漂亮嗎？」

嚇得小月越想解釋就越解釋不好，吉娜笑著對小月說：「妳根本不用緊張，我一點都不在意，妳不要管安婷說什麼。」小月才鬆了一口氣。

我以為話題會這樣被轉移，但沒有，謝安婷繼續盤問我，還用盡各種方式要套我的話。但我又不是第一天認識她，怎麼可能那麼輕易就中她的招，她攻擊我就閃啊，幹麼站著讓她打。

一頓飯下來，我難得贏了謝安婷。

我很滿意現在的生活，白天工作，晚上不用怕寂寞，和古青平沒有約會時，我就回爸爸家，陪他看電視，和美宜阿姨聊天，看周詩采練琴，跟周斯理打打鬧鬧。和古青平在一起的時候，就專心享受有人陪的感覺。

如果日子可以這樣繼續下去，就像天堂。

下班後，我駕著小珍珠回到爸爸家騙吃騙喝，周詩采拿了兩張她要參加的音樂大會入場券遞到我面前。

「妳要不要來看，不要我就給別人了。」她還是老樣子，講話就是不討喜。

我也只好很不討喜的說：「喔，那妳給別人好了。」

她愣了一下，眼神閃過一絲絲失望，在她還沒有回過神時，我快速的抽走她手上的票，「想要我去看，就直接說啊，幹麼不好意思？」

周詩采回過神，急著搶回我手上的票，「妳不去看我又沒有差，只是剛好有多的票，丟掉也是浪費，妳不想去看就算了，還我！」我閃過了她的手，把票直接放進我的包包。

「妳不要擔心，我會去看的。」

「有什麼好擔心的？妳少在那裡自以為是了。」周詩采繼續反駁，標準的口嫌體正直。

但我懶得理她，反正她的不坦率，又不是只有今天才這樣。我把話題轉移到周斯理身上，我連續兩次回家吃飯都沒有看到他了，「周斯理是在忙什麼？」

美宜阿姨削著蘋果說：「最近有幾個案子都在趕，都幾天沒回家睡了，我等等還想幫他送個換洗衣物過去。」

「我送過去好了，三天沒有聽到周斯理唸我，我耳朵好不習慣。」順便讓他看看，這個妹妹真的也是會為他付出，不是老佔他便宜的。

美宜阿姨笑了笑，整理好周斯理的衣服，還準備一些消夜，讓我一起帶過去。

「瞧瞧這是吹了什麼風？」周斯理一看到我，就馬上酸我，真的不要說我對他不好，他就是天生白目。

我瞪了他一眼，看著他滿臉鬍渣，眼下還有黑眼圈，「是有多忙啊？你整個人好像流浪漢。」

他聳肩，「沒辦法，案子剛好都軋在一起。」

難得有機會輪到我唸他，「軋在一起就軋在一起啊，飯總是要吃的吧，至少也要睡一下啊！你看看你，好好一張臉被你糟蹋成這樣，天啊！你好臭喔！是幾天沒有洗澡？髒死了。」

我以為周斯理又會反駁，但他一臉很爽的接受我的碎唸，他真的是趕案子趕瘋了。我把他的衣服拿出來，塞到他手上，「馬上去洗澡，現在，right now！」

他笑了笑，轉身走進事務所的休息室內。我幫他清理座位附近的垃圾，完全沒有想到我莫子晨居然有幫周斯理做這些事的一天，等他忙完之後，我決定要他來給爽爽大掃除一下，才能報我今天幫他整理之恩。

二十分鐘後，周斯理走了出來，恢復了他一向不說話就還滿帥的氣質。我把美宜阿姨準備的消夜擺在桌上，他邊吃邊跟我聊著這幾天來不及跟我分享的事。他負責設計的餐廳，原本向他很欣賞的傢俱設計師訂好了椅子，是搭配整間店風格去做的，可是因為對方訂單管理上有疏失，椅子的交期得要延後，但餐廳後天就要開幕了，他得想辦法解決。

我生氣的說：「好爛的廠商，你以後不要再找他了。」他看著我，笑了笑一臉滿足的吃著消夜。

我的手機鈴聲響了，是古青平打來的，我開心的接了起來，「忙完了？」

「嗯，我現在過去接妳。」他說。

「不用了，我們直接約在電影院好了，因為我也還在外面。」

他笑了笑，我們約好會合的位置後，他提醒了我三次開車一定要小心，讓我忍不住懷疑，是我的臉看起來很不會開車嗎？

周斯理問我，「誰打的？」

「朋友。」我回。

周斯理看著我，沒有繼續問下去，但表情很複雜。我自己判斷他是為了工作在苦惱，但工作上的事我幫不上忙，只好告訴他要先離開。他也只是點了點頭，沒說什麼。

我覺得周斯理怪怪的，但他不肯說，我就不能勉強。

到了影城，古青平已經買好票，也買好爆米花，我們一起走進放映廳，卻在燈光還未暗下的時候，遇到了和朋來看電影的念華。她就坐在我後面一排，叫住了前一排正要坐下的我。我抬起頭看她，她笑著對我打了招呼，好像那天的事都沒有發生過一樣。

我也給了念華一個微笑，但只有我自己知道那笑容有多僵。古青平看著我，我若無其事的坐下，他脫掉了身上的皮外套給我，「妳穿太薄了，等等會很冷。」

我接過古青平的好意，猜想坐在後頭的念華應該會有什麼誤會。

果然，電影散場時，念華走到我旁邊，笑著說：「新男朋友？怎麼都沒有聽妳說？你們看起來很配，太好了，真是太恭喜妳了。」對於念華的善變，我再次感到不可思議。

我完全能夠感覺到她說出「恭喜」兩個字時是真心的，但可惜要讓她失望了，「只是朋友而已。」我對她說。

可是念華完全沉浸在自己的想像裡，開心的繼續說：「現在應該剛開始吧！好好加油，這次應該會成了吧！」

成什麼？

我開始想著，到底女人談戀愛最後是要什麼結果才算真正「成功」？是結婚嗎？我突然發現，過去的戀愛，我都以為是因為對方做錯事才會分手。

但我今天想要告解，神啊，我有罪，原來過去的那四段戀愛裡，我其實並不是和對方談戀愛，而是和自己的慾望、和自己的想要、和自己的目的談戀愛，原來，我自己才是讓自己萬劫不復的黑洞。

可悲的是，我今天才知道這件事。

看著念華興奮的表情，我沒有說什麼，也不想回應什麼，幸好古青平走得比較快，沒有聽到我和念華的對話，念華還想繼續問我有關古青平的事，但我直接對她說了再見，打斷她的好奇。

我快步走向古青平，他微笑的對我說：「那次和妳吵架的朋友是她嗎？」

我看著他的眼睛，沒有想到他居然會記得那件事，而且還馬上猜中是念華，「你怎麼知道？」

他一臉自信的表情，「因為妳的表情很不自然，妳知道嗎？」接著再說了一句，「我希望，這輩子妳都不會對我做出這種表情。」

我的心突然被撞了一下，就像大鐘忽然用力的被敲了好大一下，嗡嗡嗡的迴盪，這輩子這三個字突然變得好浪漫。我笑了出來，開玩笑的說：「很難講喔，你知道的。」

他也笑了，摸了摸我的頭，然後我們一起去吃消夜，一起回我家，一起躺在床上聊到凌晨三點半，古青平的呼聲傳了出來，我看著他的側臉，希望時間就停在這一刻。

我居然在一段沒有把握的關係裡，學會什麼叫珍惜。

是的，我再一次狠狠打了自己的臉，對於這樣的諷刺，我忍不住在古青平懷裡笑了出來，我好可笑。

隔天，我們一起吃早餐後，各自解散。進公司後，我和吉娜聯手在部門會議對抗那些老頭，結果不用說，我和吉娜的默契，電得他們舉白旗投降。我心情很好的回到辦公室，屁股都還沒有坐下，手機就開始震動了。

是周詩采。

我接起來，秉持著我們一貫不對彼此認輸的說話風格，「不要擔心，我今天晚上會去，妳不用緊張。」

周詩采著急的對我說：「妳有沒有白色禮服，我的衣服不見了。」好好的問了清楚，才知道周詩采準備參加音樂會的禮服忘在計程車上，計程車又是在路上攔的，沒留下車號，她完全不知道該怎麼辦。

「禮服的事我來處理，給我一個小時，妳先去準備綵排，我們待會見。」我收起玩笑的心情，一字一句好好的說給詩采聽，她慌亂的聲音才漸漸鎮定。

掛掉電話之後，我跟吉娜說今天要提早下班，再衝到謝安婷的辦公室裡，直接打開她的衣櫃。公關經理的辦公室都會準備幾套禮服以備不時之需，但我看完只能搖頭，要不是太露就是太短。

謝安婷看著我，莫名其妙的問：「妳幹麼啊？」

我用兩句話解釋了詩采的難題，謝安婷馬上幫我和她熟悉的高級禮服店聯絡。我駕著小珍珠，不到一個小時，就拿到一件適合詩采，有氣質又大方的白色禮服，然後再一次接受了詩采崇拜的眼神。詩采換好衣服，我幫她化了簡單的妝，她整個人很美麗的站在大家面前。

剛到場的美宜阿姨，被自己女兒的美麗感動得流出眼淚，沒想到最讓我意外的是媽媽也來了，這到底是哪一齣鄉土連續劇？

但我還來不及問媽媽為什麼會在這裡，大會已經開始了，我和媽媽、爸爸、美宜阿姨只好一起先入坐。美宜阿姨說周斯理工作還沒有忙完，沒辦法準時到，可我現在根本沒有心情管周斯理要不要來，我轉過頭，小聲問著媽媽，「妳怎麼會來？」

媽媽笑了笑，對我說，從上次吃飯之後，她和美宜阿姨都有聯絡，偶爾兩個人會一起吃飯喝個下午茶。我越聽嘴就張得越開，忍不住問媽媽，「那妳看到爸爸不會覺得很奇怪嗎？」

「有什麼好奇怪，我都幾歲了，難道沒辦法面對一個自己愛過的人嗎？」媽媽超有自信的講著，我也笑了。的確，她說得沒有錯，人生經歷過那麼多，還有面對不了的事嗎？

坐在最旁邊的我，看著他們三個人的互動，以前自己是小孩的時候，總覺得大人很酷，長大之後，自己成了大人，才知道當大人一點都不酷，現在才發現，老人最酷。

三個加起來快兩百歲的人，正努力面對他們的過去及未來，這一幕，讓我鼻又酸心又暖。或許我不知道女人談戀愛最後到底為了什麼，但我想我知道，不管我以後單身還是結婚，我都要當個很酷的老人，像我媽一樣，勇敢面對她的過去。

音樂會就這樣開始了，我對這種有深度的音樂完全沒有研究，所以我從第三位演奏者開始打瞌睡，到第十三位演奏者上場時，手機的震動把我給震醒了，古青平傳了文字訊息給我，約我晚點見面，我告訴他正在看音樂會，結束會很晚，他傳了一句，「多晚都沒有關係。」我的內心正在微笑。

詩采上場的五分鐘前，周斯理終於在我旁邊落座，一臉疲倦。「怎麼那麼可憐啊，還沒有忙完？」我問他。

「結束了，我可以休息了。」他放鬆的吐了口氣，我笑了笑，把手上的水遞給他，他一口全部喝完。

輪到周詩采時，我感覺到肩膀被靠著，轉過頭一看，周斯理正靠在我的肩上睡著了。我忍不住笑了出來，笑得很輕，怕吵醒睡著的他。聽著他的呼吸聲，再搭配著詩采的演奏，心裡竟感到無比的滿足。

詩采演奏得非常好，不枉她每天練習十個小時。把失戀的力量轉化為努力，真的可以做好很多事。女人如果想測試自己潛藏的能力，一定要利用失戀的時候，妳絕對有可能從醜小鴨變成天鵝。

「彈完了？」周斯理被大家的掌聲吵醒，睡眼惺忪的看著我。

我瞪了他一下，「都要頒獎了，你是豬嗎？」

他笑了笑，繼續靠在我肩上。

這次音樂大會，是以分享的形式，當做一場演奏會，但仍然有聽眾票選的最受歡迎現場演奏獎，詩采名副其實的拿到了，大家都很為她開心。結束後，大家說要一起去吃東西慶祝。

但我已經答應古青平了，只好向詩采道歉，說好改天一定請她好好吃一頓，於是我和他們在演奏廳門口分手。我正要走去找我的小珍珠時，古青平又這樣無預期的出現在我面前。我先是愣了一下，然後笑出來，我已經不想去問他為什麼會出現在這裡，因為他永遠都有方法找到我。

「這附近有間好吃的麻辣鍋。」他微笑的說。

我點點頭，走到他旁邊，周斯理突然從後頭叫了我的名字。我和古青平同時轉過身，然後，我第一次看到周斯理的表情這麼驚訝。

我身旁的古青平對周斯理打了招呼，周斯理原本複雜的眼神變得非常有禮客氣，就像對客戶那樣。他們兩個彼此認識，這讓我我嚇了一跳，現在是什麼狀況？

然後他們兩個同時看著我，我突然慌了，看我幹麼？周斯理發現我一臉不知所措，很上道的開口對我說：「我媽說明天奶奶忌日，要妳回家拜拜。」，我說了聲好，周斯理對古青平點了一下頭便離開。

周斯理走後，古青平問我，「妳和周先生認識？」

「嗯，他是我哥。」我把家裡的狀況簡單告訴古青平。

他苦笑，「那完蛋了……」

我好奇的問：「怎麼了嗎？」

「我的助理漏了妳哥的訂單，我真的很抱歉。」他接著說。

這地球到底是可以有多小？做夢都沒有想到他們兩個會有生意上的往來，全台灣室內設計師那麼多，傢俱設計師也那麼多，怎麼就剛好他們兩個認識？我大概知道明天回家周斯理又要問我什麼了，但我已經不管那麼多，反正死不承認就好了，肚子快餓死的我，只想大口吃肉。

但古青平不停問我有關周斯理的事。「你怎麼對我哥這麼有興趣？」我問著他。

他夾了一堆食物到我碗裡，「周先生在業界很有名，也得過不少獎，他上個月下訂單的時候，我們還一起吃了一頓飯。」

我點了點頭，「我哥也很欣賞你啊，他現在事務所裡也有你設計的椅子。」

他笑了，很有自信，開玩笑的說：「我很習慣被欣賞。」

我笑出來，忍不住吐槽他，「你要自己掌嘴，還是我直接動手？」他也跟著笑了，但仍然不放過我，繼續問我和周斯理的事，為什麼你們感情這麼好？我不太懂為什麼大家知道我和周斯理的關係後都會問一樣的話。

為什麼感情好？廢話，他就是我哥啊！

隔天是星期六，我回到家裡，幫忙奶奶忌日的拜拜，原以為周斯理會抓著我，問我為什麼會認識古青平，但他居然沒有，什麼話都沒有說，像平常一樣跟我打打鬧鬧，到最後是我忍不住對他說：「你怎麼都不問我？」

「問妳什麼？」他邊喝著可樂邊看著電視，頭都沒有轉的回答我。

「古青平的事。」我直接說。

他突然轉過頭來看我，「你們在一起了嗎？」

我被他的突然嚇到，「哪有。」

周斯理笑著說：「那就好啦，只是朋友的話，我問那麼多做什麼？」就說了他真的很上道，我很滿意的去洗手準備吃飯。

然後念華來了。

她又回到過去那個樣子，我和聊天說笑。能回到過去的感覺真的很好，所以我自動把她之前古怪的樣子解釋成卡到陰，這樣比較能夠合理化她之前的行為，

吃飯時，念華突然提到那天晚上在影城遇見我的事，「子晨，什麼時候帶他回來家裡吃飯，介紹給大家認識一下啊！他長得那麼帥，看起來條件好像不錯。」

我差點沒被花椰菜給噎死。

「很帥嗎？」周詩采也跟起瞎起鬨。

爸爸和美宜阿姨都抬頭看我，好像只要我點頭，他們就會感動得哭出來，但我只能說我很抱歉讓他們失望了，「只是朋友而已。」

倒是周斯理什麼話都沒講，就顧著吃他的飯。

「怎麼可能只是朋友？我看你們互動這麼親密，你們還共喝一杯飲料耶！」該死的，居然讓念華看到這一幕。放映廳裡那麼暗，她眼力怎麼會這麼好？

念華不等我繼續解釋，接著說：「就老實說吧！我們大家都是支持妳的。他幾歲啊？是做什麼工作的？家裡成員如何？還有你們怎麼認識的？」

電話交友……

但我當然不會這樣說，因為周斯理不知道是哪根筋不對，突然語氣很嚴厲的對念華說：「子晨說沒有就是沒有，幹麼一直逼她？她想說的時候，自然就會說了。」

被周斯理這樣一凶，念華突然紅了眼眶，說聲自己吃飽了之後，就拿著包包離開了，我完全沒有料到事情的走向居然會變成這樣。

大家都沒有再說什麼，這是第一次因為周斯理生氣，大家整頓飯吃得這麼安靜。我在想，他應該是想要報復我吧！之前我和爸爸吵架的時候都讓他食不下嚥，報應來得真快，今天換我吃不下了。

好不容易捱到了吃完飯，周斯理馬上回自己房間，我也跟了過去。他打開電腦繼續畫著他的圖，頭也沒有回的說：「要幹麼？」

被他的態度激到，我也有一點不悅，他平常不是這種脾氣不好的人，今天這樣對念華、對我，實在是太奇怪了。

「沒幹麼，只是覺得你今天脾氣很不好，而且你剛才那樣凶念華，不應該打電話去跟她道個歉嗎？」我說。

他沒有理我，繼續畫圖。

我被他冷漠的反應氣到，轉身就要離開他房間。我正要踏出房門時，周斯理在我後頭對我說：「妳要跟誰在一起，我都不會過問，但古青平不行，他不適合妳。」

我轉過身，有點賭氣的對周斯理說：「為什麼不行？他哪裡不好嗎？」我不明白為什麼他要反對古青平，「難道是為了他們漏掉你的訂單嗎？」

周斯理火大的對我說：「我是那種人嗎？妳不用問那麼多，總之，我說不行就是不行，妳從今以後和古青平保持距離！」

如果我是那種會聽話的女人，那我今天就不叫莫子晨了。

「我不要！」我很叛逆的拒絕了周斯理，然後走出房間，連水果都不吃就直接回家。

我討厭今天周斯理對我的態度，真的太陌生了，讓我不能接受。

回到家，因為周斯理的關係，我的心情實在太不好，難得的撥了電話給古青平，但他沒有接。我再撥一次，他還是沒接。我生氣的把手機往床上丟，我不知道我到底是在生周斯理的氣，還是生古青平的氣。

我躺在床上翻來覆去，整個人氣得火辣辣的，一個小時後，古青平回撥了電話，然後用最快的速度來到我家，關心的問我到底發生了什麼事，但我當然不會告訴他實話，只能以工作太累為理由，來搏取他溫暖的擁抱。

我突然忍不住問古青平，「你之前說過，你在上一段感情傷得很重，是發生了什麼事嗎？」這是我第一次問他有關感情的事，因為我很清楚，在我們這樣的關係裡，愛是兩人之間的禁忌話題。

他摸了摸我的頭，擁抱著我的雙手突然從我身上收回去，他看著我說：「過去的事，我已經不想再提了，妳趕緊閉上眼睛，好好睡覺。」

我好像又搞砸了什麼。我洩氣的閉上眼睛，原以為今天晚上會失眠，但我竟無力深沉的睡去，一直到隔天中午我才醒來。我看著床另一邊是空的，想起昨天晚上問了古青平那件事。我這麼不上道，我想他應該失望的離開了。

我下床打開房門，在客廳繞了一圈，沒有看到古青平的行蹤，我只好再回到房間，嘆了口氣躺回床上。突然房裡的浴室門被打開，他上身赤裸，下半身圍了條浴巾走了出來。我驚訝的坐起身看向他，他笑著對我說：「吵醒妳了嗎？」

我搖搖頭，「沒有，我以為你回家了。」

他笑了笑坐到床上，撫著我亂翹的劉海，用著剛起床低沉性感的聲音對我說：「我現在還不想回家。」

我臉紅了，活了三十二歲，我竟因為這男人的一句話，因為這男人的一個動作，臉、紅、了。

我還沉浸這樣誘惑又挑逗的氣氛裡，周斯理不期然的出現在房門前。察覺有眼神正在注視著，我和古青平同時望向房門口，周斯理正一臉錯愕的看著我們，而我也一臉驚訝的看著他。古青平則是一臉不知所措，畢竟他現在很赤裸。

周斯理快速的拉上房門。他突然出現，讓我覺得非常生氣，古青平則到浴室把衣服換上後，和我一起走出房間，然後對周斯理說：「我還有事要處理，先走了，下次有機會再一起吃飯。」

周斯理很沒有禮貌，完全沒有反應。我的怒火往上燒到天靈蓋，古青平微笑的對我說著，「我再打電話給妳，先走了。」我給了他一個燦爛的微笑，對他點了點頭，然後看著他往外走去。

門一關上，我馬上對周斯理大吼，生氣的說：「你在幹麼啊？進來之前都不會按一下門鈴嗎？」

他完全不管我說了什麼，直接問我，「妳不是說只是朋友？現在是怎樣？我有沒有跟妳說過要離古青平遠一點？」

他越這樣說，我就越生氣，我實在不懂，周斯理為什麼要這麼討厭古青平，不是很欣賞他的才華嗎？怎麼才一轉眼就要我離古青平遠一點？

「你不覺得你很莫名其妙嗎？幹麼干涉我要跟誰當朋友，你給我一個合理的解釋啊，告訴我古青平是哪裡得罪你，讓你這麼討厭他？」或許就是因為周斯理從來不說誰不好，更讓我對他的態度感到不解。

周斯理把買來的早餐放在桌上，面無表情的再跟我確定一次，「妳和古青平到底是什麼關係？」

「就你想的那種關係，可以了吧？」他生氣，我也火大，反正沒有什麼好隱瞞的。

他一臉失望的看著我，然後對我說：「他不適合妳。」

「那到底什麼樣的人才適合我？我當初跟孫以軒在一起的時候，你不是說他很適合我，結果咧，我得到什麼了？你又不是我，你到底憑什麼說誰適合我，誰不適合我？」我生氣的回嘴，為什麼每個人總習慣用自己的認知來套在別人身上。

我的人生，你要幫我過嗎？

我知道我的態度讓周斯理很受傷，但他的態度又何嘗不是讓我很難過？他放緩語氣，「我只是怕妳受傷，如果妳要堅持，我也無話可說，從今以後，我都不會再管妳。」

他的話狠狠打在我心上，我也賭氣的對他說了一句，「隨便你。」

周斯理看著我，我們兩個就這樣沉默了好久，原以為他又會像以前一樣，假裝沒事的跟我道歉，他卻是把手上爽爽的鑰匙放在桌上，然後轉身就走。

我看著他的背影，不知道為什麼，眼淚竟流了出來，我無力的坐在沙發上，頭埋在腿上哭了起來，我很想知道，我到底做錯了什麼。

和周斯理的第一次吵架，讓我連續哭了整整三天，以跟男朋友分手的高規格在哭。但這麼叛逆的我不想對他示弱，接下來的日子，我們就像陌生人一樣，在比誰對誰最冷淡。我們兩個人之間的轉變，讓全家人都很擔心，但爸爸和美宜阿姨不敢問，只有周詩采靠著一股傻勁，在周斯理回房間時，終於按捺不住，坐到我旁邊小小聲的說：「妳和周斯理吵架了喔？」

「誰要跟他吵。」我說，結果又像是呼了自己一巴掌，從以前到現在，和他吵最凶的都是我。

「那你們幹麼不講話？」她繼續說。

「吃飯講什麼話。」我說。

「你們以前講很多話。」我打自己還不夠，周詩采也賞了我一巴掌。

「妳以前沒有那麼多話，今天很吵。」我說。

「我是關心你們耶，我哥……」她說到一半，門鈴響了。詩采看了門一眼，喃喃的

說，又來了，好煩，接著起身去開了門。念華走了進來，對大家打招呼，然後對我說著，

「子晨，妳來啦！」

不知道為什麼，這句話讓我很不舒服，什麼叫妳來了，她是不是搞錯什麼？這裡是我家，My home！這句話該是我對她說的吧！我都還沒有回應她的這句「妳來了」，周斯理就走了出來，給了念華一個微笑，然後帶她進房間。

現在是什麼情形？我看了周詩采一眼，她一臉不悅的說：「我實在是不想批評妳朋友，但我覺得她好煩，最近每天都來，說什麼她家要裝修，找周斯理討論。討論就討論，每次我無聊進去想聽聽看，她就趁機把我趕出來，還叫我有時間就去練琴，她怎麼管那麼寬啊？」

我聽著周詩采說的，沒有任何回應，就這樣坐在沙發上看電視，一直看到十一點半，詩采已經在我的另一邊睡翻，而已經睡了一覺的爸爸起來上廁所，看到我還在，問我，「妳怎麼還不回去啊？都快十二點了。」

我才想問為什麼念華不回去？都十二點了，討論什麼設計要討論到三個小時，完全都沒有走出房門半步，還一直從房裡傳來笑聲，是有什麼好笑的？周斯理王八蛋，一句話都不跟我說，然後跟我朋友笑笑鬧鬧。

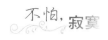

想到我就一把火，忍不住用力搥了一下沙發。這一下把周詩采震醒，她嚇了一跳，緊張的看著我，大聲的說：「地震！怎麼辦？要跑嗎？」

我整個無言。

周詩采一發瘋完，周斯理和念華也剛好走了出來，我們四個人對視，周斯理卻迴避了我的眼神。那一瞬間，我真的很想衝向前去，抓住他的衣領，對他說你再繼續無視我看看。但我不敢，面對周斯理，我難得的窩囊。

「不要每天都討論到這麼晚，我哥很累耶，又沒有賺妳多少設計費。」周詩采對著念華說，發揮她酸死人的功力。

念華尷尬的笑了笑，「不好意思，下次我會注意。」

接著，周斯理對著周詩采說：「我送念華回去，妳門窗記得關好再去睡。」

「那你順便送子晨回去啊，她車子進廠保養，今天坐計程車來的。」周詩采對著她哥哥說。

她哥哥看了我一眼，我對那樣無視的眼神感到非常憤怒，「不用了，我可以自己坐計程車。」又不是缺手缺腳，攔計程車這件事有很難嗎？為什麼念華還要特地讓周斯理送？

周斯理看了我一眼，沒說什麼，打開門往外走，念華跟我們說完再見也跟了出去。

我整個人站在原地，憤怒到達頭頂，周詩采看著我，「要幫妳叫車嗎？」

「不用！」我的聲音之大，又讓周詩采嚇了一跳。她真的很可憐，掃到我的颱風尾，我下次一定要買下她在雜誌上看了很久的那件毛衣補償她。

「那妳要怎麼回去？」她繼續問。

「走路！」她又被我嚇了一跳，我很抱歉，我決定買兩件給她。

然後我生氣的走出家門，生氣的走在馬路上，生氣的邊走邊罵周斯理，身為哥哥居然這樣跟妹妹計較，都兩個星期了，還是這樣對我。我越生氣就越難過，十幾年的兄妹情，居然這樣吵一次就沒有了。

我越難過，就越想哭，於是蹲在路邊哭了起來，然後對天空大喊：周斯理，有本事你最好就這輩子都不要理我！

就這樣在路上走了半個小時，走到高跟鞋跟斷了，後腳跟破了、流血了，才甘願上計程車。這個晚上，我一直在想，人的關係怎麼會如此脆弱，我從來都沒有想過，我和周斯理也有這樣冷戰的一天。

這一天，我為了周斯理哭著入睡。

# 第九章

## 女人的友情：其實比〇．一公分的護墊還要薄。

周斯理變了，古青平也變了。

我們通話的次數變少了，見面的次數也少了。古青平告訴我，他最近工作太多，沒辦法像之前那樣碰面，我可以理解。

但從原本那樣頻繁的相處，變成現在這樣，我雖然能理解他的難處，但我不太能夠適應，因為女人就是容易習慣的動物，在我習慣了可以每天聽到他的聲音，常常可以見到他的人的時候，我又要被迫習慣這樣的忽然冷淡。

這讓我花了很多時間調適自己。

而最痛苦的是，當女人在調適這樣的狀況時，除了要花時間，還有可能會賠上朋友。

對於我近日來的情緒化，謝安婷給我下了最後通牒，「媽的，莫子晨妳再繼續這樣臭臉，然後還不說為什麼的話，我們朋友就不要當了。」

我真的不是故意臭臉，但我已經一星期沒有古青平的消息，我已經想著，或許他厭倦了我們之間的關係，所以用這樣的方式讓我知難而退。又或許他已經找到別的伴侶，而我在他的世界被淘汰。

我們不是情侶，我們不需要對彼此交代，我們只是伴侶，隨時隨地可以結束的關係。各式各樣的猜想，我完全無法克制的陷入那樣的無間地獄裡輪迴，我對自己這樣的心情感到又陌生又痛苦，我也希望有人可以拉我一把，但我已經長大了，我知道能拉自己一把的，就只有我自己。

我又成功的惹毛了我生命中重要的朋友之一，錢賺得不多，但惹毛別人的機會還真的從不會少。對於這樣的狀況，我覺得好煩躁，也很努力的想要改變，但要女人不逼死自己真的很難。

我又浪費了一個下午沉浸在自己的悲傷裡，六點一到，不管工作有沒有完成，我直接下班回家，在床上躺了三個小時，什麼都沒有做，就是這樣一直想、一直想。

結果想到沒有吃飯，開始胃痛，只好起來吃藥，才發現連滴水都沒有。周斯理真的很混……習慣性的先罵了周斯理，隨後才想起，他已經跟我冷戰兩個星期了，我的爽爽沒有他的照顧，住起來變得很不爽。

我只好直接把藥丟進嘴裡，硬吞下去，反正人生就是隨時隨地都在硬吞。苦味在喉嚨裡化開，我受不了的揍了餐桌兩下，然後手痛喉嚨痛，躺回床上繼續裝死的時候，古青平來了電話，「在哪？」

「家。」我不爽的說。

「我在妳家樓下，帶妳去吃東西，有間好吃的泰式料理。」他在電話那頭笑著說，好像這一個星期的失聯都沒有發生一樣，只有我自己一個人在自己的世界裡疼痛。

我應該要很有骨氣的說：「你自己去！」但我仍然很沒有志氣的說：「我整理一下，馬上下去。」

我真的好討厭這樣的自己，遇到自己在乎的人，就什麼原則都消失。

我穿上了古青平沒有看過的藍色洋裝，再化了點淡妝，掩飾一個星期來自己對自己的折磨，然後我坐上他的車，給了他一個和以往一樣的笑容，他笑著摸了摸我的頭，「好久不見！」

你也知道喔！但我笑了笑，什麼也沒有說。

他開始對我說最近工作的狀況，遇到了什麼人，接了什麼樣的案子，覺得工作好像失去了樂趣，想要找回自己當初做傢俱的熱情。古青平像個興奮的小孩，在向媽媽報告今天在學校遇到了什麼人一樣。

他對我的各種分享，慢慢化解了這一個星期以來我獨自委屈的各種想像，到底是古青平害我變成這樣，還是我自己？

到了餐廳，他和先前一樣溫柔體貼，但我只覺得很累。

「怎麼了？沒胃口？」他看著我問。

「沒有啊，我吃很多了。」我說。

突然他的電話響了，他走到外面去接。我看他站在外面和電話裡的人聊得很開心，好想知道那個人是誰，為什麼可以這麼厲害，讓他露出幸福滿足的表情，是他的朋友，還是他的家人，又或者是另外一個我？

接下來的時間，他的手機非常忙碌，不停的響著，他也不停的離開座位。

他在外面講了十分鐘的電話，我在裡面看著他講了十分鐘的電話，結束後他走進來繼續吃著東西，然後三不五時又拿起手機滑著。我很想要脾氣，很想嗆他，你約我吃飯，是為了讓我看你講電話嗎？但我沒有，因為我不知道該用什麼身分生氣。

「我有點累，想回家了。」我看著低頭滑手機的他說。

他抬起頭，一臉抱歉的說：「對不起，最近還要忙到義大利參展的事，沒能好好陪妳吃頓飯。」

「沒關係。」我微笑。

接著他送我回家，沒有上樓。

整個晚上，我都在問我自己是不是該這樣繼續下去，我們的關係其實很薄弱，說斷就可以馬上結束，可是我捨不得，捨不得他的微笑，捨不得他的幽默，捨不得他的關懷，捨不得他的擁抱，但我竟捨得讓自己在這樣的情緒裡反覆受傷。

接下來的五天，古青平又消失了。

我的情緒緊繃到了極限，在我又失神差點把案子搞砸時，我被吉娜狠狠的罵了一頓。

「妳最近到底在搞什麼鬼？連這麼簡單的事都會出錯？」吉娜生氣的說。

我什麼話也說不上來，因為我也不知道自己怎麼了。

吉娜看到我沒有回應，更是火大，「妳給我回家，確定妳能夠好好上班再給我回來，我不想看到妳這種樣子。」

於是我回到座位上整理了自己的東西，離開公司前，謝安婷從她的辦公室裡抬頭瞄了我一眼，然後低頭繼續工作。我想，我最近的樣子真的太讓人討厭了，連我都想教訓我自己了。

開著小珍珠，我經過了周斯理的事務所，我們已經冷戰將近一個月，他還是都不理我。我在車上，看著他在裡面忙碌穿梭，原本想下車的勇氣，在想到他這一個月的冷淡後，又被狠狠澆熄。

我窩在家裡，拿著手機，決定要和古青平說清楚，我想要結束我的疼痛。但訊息就這樣打了又刪、刪了又打，一句話就可以結束的關係，我怎麼也傳不出去。我生氣的把手機往地上一砸，我就是沒用，才會拿手機出氣。

看著螢幕碎裂，我趴在沙發上哭了起來，然後哭到睡著。

當我眼睛再次張開，是門鈴響了。我坐起身，想到會不會是古青平來了，我著急的去開了門。

門一打開，站在門口的謝安婷打量了我兩秒，然後對我說：「我給妳五分鐘換衣服整理，然後跟我去吃飯。」

謝安婷來了，我很開心，但不是古青平，我的焦慮又開始泛濫。

「我沒有胃口。」我說。

「我不是來這裡聽妳說沒有胃口的。」謝安婷淡淡的說，然後走進客廳。

「我真的有點不舒服，不想出門。」我現在只想喝個爛醉，醉到可以不用去想古青平的消失，醉到可以不用在乎周斯理的冷淡，這樣就夠了。

謝安婷坐在沙發上，我看得出來她在努力壓抑脾氣，「妳真的很讓人火大，但我想到妳可能是因為情傷，所以心情低落。我可以體諒妳，但我最不爽的是，妳又不是沒有情傷過，妳不知道該為妳自己做些什麼嗎？問妳，妳又什麼都不說，如果妳有那麼厲害，什麼都可以自己消化，那妳就不要一副要死不活的樣子，讓妳身旁的人擔心。」

我依然嘴硬的說：「沒有什麼情傷。」

「妳要不要去照個鏡子，看看妳有多狼狽？」

我沒有回答，謝安婷依然坐在沙發上看我，「我給妳一次機會，妳可以坦誠對我說出全部的經過，但如果妳今天什麼都不說，那也沒有關係，從今以後，我們就只是同事，不是朋友。」

謝安婷看我依然沒有反應，站起身，拿起自己的包包。她準備離開時，我從後面拉住了她的衣角，當我伸出手的那一刻，眼淚也瞬間流了下來。當你願意示弱，那一道封閉自己的圍牆就會立刻倒塌。

然後，你會忍不住想，到底為什麼要如此故作堅強。

謝安婷轉過身，把我摟進懷裡，輕輕拍著我背對我說：「沒事了，沒事了……」在她面前，我連日來的委屈完全崩潰。

我不知道我哭了多久，我只知道謝安婷的高級套裝上都是我的眼淚和鼻涕。她不停幫我擦著鼻涕眼淚，我想起了上一次她對我這麼溫柔，是我和梁以軒分手的時候。

「妳盡量哭，但當妳停下來的時候，妳就再也沒有哭的權利，因為妳已經發洩過了。」她說。

所以，我只好抓緊機會努力的哭。

就這樣哭了兩個小時，破了我上一次的紀錄。這證明了一件事，就是人真的會不停的進化。

「哭爽了沒？」謝安婷看我逐漸冷靜下來後，很不客氣的問著。

是哭得很爽，但你總是會發現，哭完還是得面對現實，那個現實，一點進度都沒有，我依然卡在那裡，不上不下。

「還沒罵妳之前，我先稱讚妳一下，妳這次真的很會撐，放在心裡，然後撐那麼久，算妳厲害，但下一次，妳有本事撐，就要有本事處理好自己的心情。我們這些朋友，不是應該看妳這樣要死不活的，妳如果夠強的話，就去他的面前要死不活。」謝安婷哪有稱讚我，明明從頭到尾猛罵。

「知道了。」我說。

「知道妳的頭，我真的覺得妳們這些女人很奇怪，幹麼自己在那邊心情不好？如果是我，當然是惹到大家都心情不好。憑什麼我在這裡哭，他在外面逍遙？妳之前的教訓，都沒有讓妳覺悟一點嗎？」

謝安婷整整罵了我十分鐘。

「我都罵成這樣了，妳還不說嗎？」她火大的對我吼。

我真的很無辜，「妳一直講，我哪有插嘴的餘地啊？」連個〇．五公分的空隙都沒留給我。

謝安婷看了我一眼，停了下來，準備等我跟她交代我和古青平的事，於是，我把事情再重新完整的交代了一次。

「什麼伴侶？就是比較聊得來的砲友啊！」謝安婷很直接的說。

我生氣的瞪了她一眼，但她怎麼會怕我，繼續說：「然後妳卻愛上了砲友，莫子晨，妳出去不要說我是妳朋友，太丟臉，比妳裙子夾在內褲還要丟臉，我真的是都要為妳臉紅了。」

我真的很不想繼續說下去，因為我好害怕我會失手殺了謝安婷。她見我不說話，還對我說：「妳繼續啊，幹麼突然不說了，我在聽啊！」我深呼吸了好大一口氣，才忍住去廚房拿刀的衝動。

我繼續說著我和古青平之間的事，謝安婷又忍不住出口，「莫子晨，妳的功力對付不了這種男人啦！他高手耶，他跟我有得拚喔！但我沒有他那麼下流，什麼不確定要不要一段穩定的關係，他大便會不確定要不要大完嗎？」

謝安婷的話，真的讓我的白眼翻到外太空，卻又好實際，人一定要有一個願意對妳說真話的朋友，雖然真話都很髒。

「妳沒有好一點的比喻嗎？」我想吐。

「對這樣的男生，有需要客氣的比喻嗎？」她說。

「他也沒有那麼糟糕，他真的對我滿好的……」

謝安婷拿了沙發上的抱枕，往我的頭丟過來，完全命中，「莫子晨，妳他媽的給我醒醒，妳知道女人最可悲的，不是愛上錯的人，而是幫傷害妳的人說話。妳以為這樣以德抱怨，死後會上天堂嗎？不會好嗎！」

我痛得摸著頭試圖解釋，「我沒有要幫他講話，他對我不錯是事實啊。而且這樣的關係，也是我自己同意的，我有什麼資格對他生氣？這才是讓我最痛苦的地方啊！」

「妳也知道痛苦，還不快離開他！啊，我忘了妳喜歡他，可是喜歡一個不能給妳什麼的人，有意義嗎？妳還在青少女時期嗎？單戀就可以高潮了嗎？」謝安婷的嘴真的又臭又實在。

我完全無法反駁。

謝安婷看著我，很嚴肅的對我說：「妳其實已經知道怎麼做了，那就去做，女人最傻的，就是永遠以為這段感情還有轉圜的餘地，所以死命把自己卡在裡面。我告訴妳，失敗的感情，唯一的退路，就只有離開。」

我看著她，認命的點了點頭。

「好了，去吃飯，我快餓死了！」謝安婷一說完就直接拉著我出門，我還穿著印有喬巴圖樣的粉紅色休閒服和拖鞋，戴著粗框眼鏡，頭髮還用鯊魚夾盤在頭頂上。

然後，她帶我來吃高級川菜。

「妳不覺得妳很過分嗎？我穿這樣，妳帶我來這裡。」我生氣的坐在位置上，瞪著正在看菜單的她。

我把頭髮放下，拿了她的小外套穿上，蓋住了喬巴，把拖鞋盡量藏在椅子底下。

她的頭連抬都沒有抬，「反正我很漂亮就好啦！」這是朋友該說的話嗎？我懶得理她，一口氣把水喝掉，才發現自己真的好餓。

謝安婷繼續看著菜單說：「今天我請客，因為妳失戀。」接著她突然抬起頭對我說：「這樣我真的好不划算，妳那麼遜，不知道還會失戀幾次。」

水杯差點砸到她漂亮的臉上，但我忍下來了，「我沒有失戀好嗎？我們又沒有談戀愛。」

「妳有喜歡他，就算是失戀，不然妳剛是在哭什麼意思？哭二〇一六要來了？哭二〇一五要過去了？在我面前不用嘴硬，妳嘴一張開，我都看到妳的十二指腸了。」

我閉上嘴，謝安婷說的每句都是實話，我再說只是自取其辱而已。

然後她失控的點了十菜一湯。「妳真的瘋了，吃不完，我就直接倒妳嘴裡。」我說。

「我是為了妳才點的耶，心空了，至少肚子要是飽的吧！」謝安婷永遠都可以合理化自己的行為，我懶得跟她爭。

菜一道道上來，謝安婷猛往我碗裡挾菜，「好了啦，太多了。」我制止她。

「多吃一點，為男人瘦的，姊妹幫妳補回來。」她一臉理所當然的說，讓我有點感動。

卻在此時，我看到了古青平和一個女人從我們桌前經過。他沒有看到我，服務生將他們帶位到我斜前方的位置，他背對著我坐下，那個女人坐在他的對面，笑得十分迷人。

謝安婷發現我的表情變化，轉過頭去看，很快就進入狀況，「不會是他吧？」

我無奈的點點頭。

謝安婷笑了出來，「妳應該要去拜拜，妳的體質好容易遇到這種尷尬場面。」

我沒說話，算是默認。

我和謝安婷看著他和那個女生的互動親密，我很想走過去問他，這女的是誰？也是你的伴侶之一嗎？但我沒有，因為對我來說，質問他，就是洩露了自己喜歡他的底牌。

「要不要換一間？」謝安婷擔心的看著我。

我搖搖頭，收回放在古青平身上的視線，對謝安婷說：「不用，我就要在這裡，把全部的東西都吃完。」

她滿意的點了點頭。

我們就這樣邊吃邊看著他們說說笑笑，當那個女生伸手抹去古青平嘴邊的醬料時，謝安婷激動的掉下了湯匙，銀湯匙和大理石地板碰撞發出的響亮聲音，讓全餐廳的視線全都集中在我們身上，包括古青平也是。

他終於發現了我，然後起身走到我面前，像之前一樣笑著對我說：「子晨，妳怎麼也在這裡？」

我想起了謝安婷說的，妳在這裡哭這麼慘，他在外面爽，突然覺得這一切都好不公平，喜歡一個人，就要接受這種不平等的對待嗎？

「跟朋友吃飯。」我很冷淡的說。

古青平發現我的臉色不對勁，擔心的看著我，「妳的臉色看起來不太好，是不是生病了？」

「沒有，你的朋友在等你了。」我看著和他同桌的那個女人不停往這裡看過來，那表情好像也在猜我會是古青平的誰。

至此，我才完全清醒。

古青平突然對我解釋，「她是從美國來的表妹，我帶她一起來吃飯。」

「你不用對我解釋，她是你的誰，跟我沒有關係。」我不知道自己怎麼有勇氣說出這樣的話。

因為醒了嗎？

我低估了自己對愛的想要，我以為用這樣的關係可以更輕鬆的面對愛情，但我忘了愛本身就是沉重的，兩個人在一起，就可以互相承擔，而這一段關係裡，就只有我在扛。我高估了自己的力氣，從今天開始，我要忘了古青平。

古青平看著我，似乎還有話想說，但我已經不想聽了。我低著頭繼續吃東西，拒絕再和他有任何眼神接觸，他無奈的嘆了口氣，對我說：「等等打電話給妳。」便回到了自己的位置上，謝安婷用最快的速度結帳，然後把我帶走。

這一刻，我好感謝她。

在謝安婷的車上，我突然問她，「妳覺得，那個女人會不會也是他的伴侶之一？」

她停頓了一會兒，嘆了口氣，「妳知道嗎？任何一段關係，如果他不愛妳，妳就很容易被取代，妳應該想的是，這個男人到底愛不愛妳。」

我也想了一會兒說：「應該不愛。」因為他可以隨時隨地想消失就消失。

回到家後，她再三確定我可以自己一個人在家，才放心離開。這個晚上，古青平打了三通電話給我，但我已經沒有接起來的勇氣，因為我無法再受傷了。

隔天，我努力的讓自己回到還沒有認識古青平的時候，發了瘋的工作，然後用力的和大家開玩笑，才發現，最難的永遠都不是踏出去，而是走回來。

「我昨天都沒有接他電話。」我在茶水間喝著咖啡，很驕傲的對謝安婷說。

她一臉不屑的看著我，「那不是應該的嗎？都這樣了妳還接電話，妳要不是腦子破洞，就是自找死路。」

「妳難道不能給我一點點鼓勵嗎？」我說。

「如果妳才兩歲，剛學會自己吃飯上廁所擦屁股，我就給妳鼓勵。但妳不是小孩了耶，妳自己分不清楚事情輕重嗎？妳沒有辨別黑白是非的能力嗎？妳沒有接受現實面對問題的勇氣嗎？」

好，這次是我白目，我就是自己沒事找事做，我才講一句，謝安婷可以講八萬句。

小月突然跑進茶水間，然後喘著氣把我的手機拿給我。我接了過來，是周詩采的聲音，聽起來很慌張。

「怎麼了？」我問。

「我哥出車禍了，現在在急救，叔叔這兩天跟朋友去爬山，媽一直在哭，我真的不知道該怎麼辦。」周詩采無助的說著。

我急忙拿了鑰匙就開車往醫院衝。

到了手術室外，看見詩采摟著流淚的美宜阿姨，我趕緊走了過去。美宜阿姨一看到我，哭得更凶，然後一直強忍的詩采也哭了出來。我也很想哭，我都還沒有和周斯理和好，我不能容許他有事。

詩采冷靜了一點後告訴我，這一陣子周斯理每天都工作超過十四個小時，讓自己又忙又累。他昨天晚上整夜沒睡，早上又急著和客戶開會，美宜阿姨要他坐計程車去，不要開車，但他不聽，應該是疲勞駕駛才會撞上安全島。

周斯理真的好欠罵，最好給我沒事醒來，我要狠狠揍他一頓。

過了一個多小時，手術室的門才打開。我們急著上前去問周斯理的狀況，醫生說沒有生命危險，只是肋骨斷了三根，左小腿骨折，還有輕微腦震盪，需要住院觀察。

醫生說完，就看到全身傷的周斯理被推了出來，美宜阿姨難過的流下眼淚，而我也不知道什麼時候開始臉上濕濕的。

我們一起在病房內等周斯理醒來，醫生說需要一段時間，我們三個人就這樣看著周斯理，一句話也沒有說。

周斯理變得好憔悴，上一次看到他，是一個星期前，他一樣不理我，吃完飯就回房間躲著。我試著跟他說話，但他當做沒有聽到，完全無視我的存在，本來打算這輩子都不要理他了。

但現在我只希望他快醒來，要我向他下跪道歉都可以。

四個小時過去，我的手機震動個不停，古青平打了好幾通電話，我沒有接，也不會再接。第五個小時過去，周斯理總算醒了，他眼睛張開的那一瞬間，我開心的撲到他身上。然後他大叫，我對我的失控感到很抱歉。

醫生過來再做一次檢查，確認狀況後，大家才鬆了一口氣。詩采和美宜阿姨回去整理住院需要的東西，我則留在病房內，和周斯理大眼瞪小眼，他還是一樣一句話都不說。

我只好先開口，「你還要氣多久？」

他沒有理我。

「你真的打算一輩子都不要跟我說話了嗎？」我說。

他還是沒有反應，閉上了眼睛，他的態度讓我好焦慮。

「我知道上次我的態度不好，我跟你道歉，但是有嚴重到你完全不理我嗎？我不會再和古青平聯絡了，我們和好，好不好？」我幾乎是丟掉了所有的自尊，說了這一句。

但周斯理還是不理我，我難過的紅了眼眶。看著他緊閉的雙眼，我哽咽的對他說：「知道了，再也不會煩你了。」然後，我站起身，哭著走出他的病房，坐在外面的椅子上，繼續流著眼淚。

這才發現，原來周斯理的冷漠比起古青平的消失更讓我心痛一萬倍，周斯理曾對我說過，就算我們沒有血緣關係，他永遠都會像哥哥一樣照顧我，但現在因為我對古青平的執著，我失去了周斯理。

美宜阿姨和詩采回來時，我藉口還有很多工作要忙，就打算先離開。為了讓周斯理保持心情平靜，我還是離他遠一點。

「子晨，妳可以去事務所看看阿理的皮夾有沒有在那裡嗎？他的包包裡面沒有，我剛才在家找也沒有看到，需要他的健保卡辦些手續。」美宜阿姨眼眶紅紅的對我說。

我點了點頭。

然後駕著小珍珠衝到周斯理的事務所，麥克剛好在公司，我急著對他說：「周斯理出車禍了，你不用去陪他嗎？」這個時候周斯理一定很需要麥克，他們是最親近的人啊！

麥克一臉驚慌，「他出車禍了？嚴不嚴重？」

我稍微把來龍去脈交代了一下，他放心的點了點頭，「平安就好，等我這幾天忙完再去看他。」

我對麥克的反應感到傷心，生氣的對他說：「你怎麼可以忙完再去看他？你現在就應該放下你的工作去看他，另一半出了這麼嚴重的事，你怎麼還有心情工作？你到底愛不愛周斯理？」

麥克被我罵得一臉不知所措，「我……那個，其實……」

我看到他還想解釋什麼，這點讓我太心寒了。我眼睛瞄到周斯理的辦公桌上，放了五年前他生日時我送他的皮夾，我生氣的對麥克說：「算了，我認清你了，周斯理就是倒楣才會跟你在一起，虧我還那麼支持你們！」

說完重話，我走到周斯理的座位拿了皮夾，離開前我還對麥克哼了一下，怎麼可以對自己的另一半那麼無情！麥克一臉無辜的樣子看著我，讓我更生氣，他不珍惜周斯理，自然有更好的人可以珍惜他。

我回到醫院，打電話叫詩采到病房外，把皮夾交給她。

「幹麼打電話？走進來不就好了。」她覺得我多此一舉。

「妳不懂啦！我要回去了。」我說。

周詩采看著我，好像懷疑我卡到陰。我把她趕回病房，然後在門外偷偷的看著美宜阿姨正餵周斯理喝水，就這樣站在房門外看了半個小時才離開。

心情沉悶，讓我駕著小珍珠在市區晃到晚上十二點多才甘願回家，一到家門口，就看到古青平站在門口等我，一樣給了我很完美的笑容，但我看了只是心情更加苦澀。

「妳還好嗎？臉色看起來很差。」他說。

我深呼吸了一口氣，然後對他說：「我們的關係，可以結束了。」

他愣了一下，看著我，沒有說話。

「我討厭這樣的關係，讓我不能光明正大的喜歡你，不能隨時隨地想牽你的手就牽，不能隨時隨地打電話說我想你。不能質問你，為什麼老是失去行蹤。不能質問你，那天跟你親密吃飯的對象是誰。你的一切我都不能過問，因為我們只是聊的來的砲友！」我用了謝安婷對我們關係的註解，她說得一點都沒有錯。

沒有想到我會這麼直白，古青平愣在原地，一語不發的看著我。

「你如果需要伴侶，以你的條件，不一定要找我。」我說完，打開門想要進去。

他從後頭拉住了我，「子晨，我真的很喜歡妳，可是我……」

我轉過頭看他，當喜歡後面有但書時，那喜歡就不成立了，因為一點用也沒有，「沒有可是了，就這樣吧！」

當我決定放棄時，突然覺得這一切好輕鬆，我不用再去想著為什麼他不要好好的跟我在一起，而是要用伴侶的關係。我不用再去猜測他任何行為所代表的意義。

謝謝古青平讓我知道，伴侶這個關係，一點都不適合我。

我再次轉身時，古青平卻在我的背後說著，「有個女人為我自殺死了。」

我停住了腳步。

「我們在一起很久，原本已經決定要結婚，但她誤會了我和別人有關係，在我還沒來得及解釋時，她自殺了，用她的方式懲罰我，讓我無法忘記，讓我愧疚到無法經營和別人的感情。」他一字一句說著。

「這件事鬧得很大，我連事業也都失去了，每個人都覺得我是凶手，他們都覺得是我害死了她。」

我轉過頭，告訴他，「我不想知道。」因為太沉重了，我沒有把握可以消化別人的傷痛。

但古青平沒有停，繼續說：「喜歡別人這件事，對我來說變得好困難，我好像失去了資格。一直到去年開始，我才慢慢的重新站起來，本來打算就這樣過一輩子，但是我遇到了妳，然後喜歡上妳。可是她自殺的陰影一直無法散去，我不知道該用什麼方式把妳留在我身邊。」古青平說著說著，臉色越來越差，眼眶也逐漸的紅了。

我很謝謝他願意對我說這些，如果是五年前的我，或許會選擇留在他身邊，陪著他一步步走過這一切，但現在我已經沒有辦法了，我對愛已經失去了滿腔熱血。

這個世界上，誰沒有因為愛留下傷痕？

我現在才明白，對愛情最負責任的做法，就是給對方一個最健康快樂的自己，我過去對兩性關專家的批評，在這裡我下跪道歉，原來在戀愛前先愛自己，是多麼重要，用自己最好的狀態和喜歡的人在一起，才是對的。

而我，不知道還要努力多久，才能讓自己回到最好的狀態。

「那是你的問題，不是我的。」我狠心的對他說。

他難過的看著我，但我現在唯一能為他做的，就是告訴他事實。

「我的問題，我自己解決，而你的問題，沒有人可以幫得了你，你要靠你自己克服，不然你就只能繼續這樣下去。我真的沒有怪你，因為這是我自己的選擇，我也謝謝你，這段時間和你在一起，我真的很開心。」說完之後，看了古青平最後一眼，我關上了門，然後哭了出來。

喜歡沒有用，要喜歡對的人才有用。

而我和古青平，都不是彼此對的人。

我難過的打了電話給謝安婷，反正她都知道了，我也沒有必要再強忍什麼，我只能繼續煩她，因為她是我的朋友。這個晚上，我真的真的真的失戀了。

三年來累積的能量，都在最近幾個月哭完了。

隔天一到公司，謝安婷的黑眼圈嚇到了我，她很生氣的要我晚上賠她一次ＳＰＡ，因為我的騷擾，害她完全沒有睡好。我很有義氣的說沒問題，接下來還會煩她很多次。

畢竟女人失戀的時候，白天多半還能安然無恙，一到晚上，連掃個地都可能突然哭出來。

於是一下班，我就陪謝安婷去做臉，她還要求包套一堆有的沒有的，「我還要去看我哥，妳自己在這裡待著，我要先走了。」

「等我做完陪妳去啊，我很久沒有看過病人了耶。」她真的很不會講話，差點沒有被她氣死。周斯理又不是動物園裡的動物，是有什麼好看的。

我懶得理她，「不要！妳慢慢做，我要先走了。」拿著帳單我就往櫃檯去結帳。

「我快好了啊，妳趕著投胎嗎？」她躺在美容床上對我吼。

一走出ＳＰＡ店門口，我加快腳步要去取車，卻不小心撞到了人。我整個人跌坐在地上，謝安婷不知道從哪冒出來，趕緊扶我起來，對方也一直道歉。我痛得一直揉自己的屁股，結果定睛一看，發現是麥克和他的男性朋友。

而那位男士的手正勾著麥克。

這一幕是要告訴我，我哥戴綠帽了嗎？

我摸著發疼的屁股，對麥克大吼，「現在是怎樣？周斯理住院，你就急著劈腿了嗎？你有沒有去看過他了？你這樣對得起他嗎？」我生氣的移動腳步，走到麥克和他朋友中間，把他朋友勾著他的手拉開。

他朋友一臉錯愕，看著麥克，突然哭了起來，對麥克說：「你說你是單身的啊！你居然騙我！」

「他哪裡單身啊？他跟我哥在一起很久了！」我無意傷害任何人，但是我更不能接受有人傷害周斯理。

男性朋友聽到我這樣說，難過得想要離開現場，卻被麥克一手抓住，我正想要吼麥克時，麥克卻先吼了我，「妳別鬧了啦！我跟阿理又沒有在一起過，他不是gay！不是不是不是！」

麥克一這樣說，我更是火大了起來，「你以為這樣就可以撇清關係了嗎？兩個人在一起這麼久，現在才說你們沒有在一起過，周斯理是哪裡對不起你了？你居然對他這麼無情？上個月才看你靠在他肩上哭，現在說兩個人沒有關係？」

麥克受不了，拉住我的耳朵，在我耳旁大聲的說：「那是因為我和男朋友分手了，他安慰我而已，我就跟妳說了他不是gay了，不然妳自己去問他！」

我吃痛的拍掉他的手，麥克急忙拉了那個男性朋友離開，我還想追去，謝安婷拉住我，「妳知道妳現在很像抓老公姦的瘋女人嗎？」

「他是周斯理的男朋友耶，周斯理住院耶，他居然在外面約會？」周斯理真的好可憐。

「但他說妳哥不是gay耶，妳是不是誤會了什麼？」謝安婷看著我說。

「最好是誤會，我每次講到這個，周斯理也沒有否認啊！劈腿就劈腿哪來那麼多理由，虧我還把他當大嫂看，沒想到今天居然這樣對他。」我往停車場走，不管周斯理要不要理我，我都要告訴他，我不能讓他再這樣笨下去了。

第十章　女人的未來：是一個問號。

我和謝安婷一起到了醫院，我卻站在病房門口，遲遲不敢進去，因為我還沒有整理好該怎麼告訴周斯理這些事，如果他不能承受打擊，病情加重的話，該怎麼辦？

我在這個時候領悟到，我真的不想失去他。

謝安婷就坐在病房外的椅子上，雙手抱胸，一臉覺得我是瘋子的表情看著我，看我到底還要在這裡走來走去多久。「妳是有什麼問題？就走進去說，欸你男友劈腿了，這樣有很難嗎？」

我不可思議的看著謝安婷，「如果我被劈腿，妳也會直接這樣跟我說嗎？不怕我會想不開嗎？」

「不然咧？這就是事實啊！有什麼好不能說的，還要多婉轉，那個不好意思，想跟您報告一下，您的另一半好像劈腿了，不曉得您怎麼看？這樣嗎？這樣有比較好嗎？妳知道人最大的問題就是自以為是，自以為這樣會傷到別人，這樣會怎樣，表面上看起來好像很為對方著想，事實上，只是讓問題永遠說不清楚而已。」謝安婷不去開班授課怎麼可以？康熙來了不發她通告嗎？

「是這樣說沒錯，但是又不是每個人都像妳這麼堅強。」脆弱的人很多好嗎？我就是其中一個，我完全可以站在脆弱的人的心情感同身受。

謝安婷不耐煩的站起來，對我說：「覺得自己不堅強，是因為這樣才有理由繼續逃避。」接著她快速的打開門，「給我進去！」然後一把把我推了進去。

病房裡只有周斯理和念華，她正餵著周斯理吃著粥，看到這一幕，不知道為什麼讓我非常不爽，甚至有一股想去把那碗粥砸在地上的衝動。

念華笑著對我說：「子晨，來看阿理啦！」

她的聲音還有她的表情、她的一舉一動，都讓我覺得很不舒服。我無視了她，看著周斯理，「妳可以出去一下嗎？我有事跟他說。」

周斯理看了我一眼，別過頭去。

念華看到這一幕後，對我說：「阿理有點累，子晨，妳要不要先回去？有什麼事等他好了之後再說。」

我轉頭看她，用我自己也沒有想像過的語氣，對念華說：「什麼時候我跟我哥說話還要妳來決定？」

念華嘴一閉，滿臉委屈的走了出去，謝安婷給了我一個微笑後，也跟著走出去。

房間裡又只剩我和周斯理。

我看著他對我一樣的冷漠，但我還是提起勇氣，告訴他剛剛遇到麥克的事，「我知道你可能會很難過，可是我不希望你再繼續被瞞下去，我不能夠看到你受傷，麥克不適合你了。」

周斯理突然無奈的笑了一下，然後拿了我說過的話來打我的臉，「妳又不是我，妳到底憑什麼說誰適合我，誰不適合我？」

我很難過，我知道周斯理還在生我的氣，但我已經不想把事情搞得更糟，我哽咽的對他說：「你不要這樣好嗎？我已經受到懲罰，也吃到苦頭了，我真的很不想再跟你繼續吵下去。」

周斯理別過臉，不願意繼續看我。

對於我們之間的關係，我感到心灰意冷，他不願意再當我是妹妹，那就算了，他不願意再回到從前，我也強求不來。

我流著眼淚，什麼都沒有說的離開。

謝安婷開著車，轉頭看著出神的我說：「妳跟妳哥到底是怎麼回事？」

我嘆了一口好大的氣回應她，「沒事，我不想再說了。」真的身心俱疲，我覺得自己已經累到躺下去可以連睡三天。

「好，妳不說就算了，但我想說，妳到底怎麼確定妳哥是 gay 的？」謝安婷問我。

「怎麼了嗎？」難道全世界只有我一個人覺得他是 gay？

我開始仔細思考，「也不是說什麼確定吧！從他來我家之後，我就沒有看過他交女朋友，他最常和麥克出雙入對，後來我說他是 gay，他也沒有否認，而且麥克和他回家吃飯時，我跟他們開玩笑，他們都沒有說什麼啊！」

「可是，你哥沒有那種氣質。」謝安婷很肯定的說著。

「妳又知道 gay 是什麼氣質了？」我翻了個白眼。

「反正我以女人的直覺來看，妳哥絕對不是 gay，所以妳今天下午差點害一對情侶分手了。」謝安婷一臉指責的看著我說。

「隨便啦！」反正不干我的事了。

周斯理的事，再也不干我的事了。

話雖然這樣說，但我還是每天下班都到周斯理病房門口，偷偷從門縫裡看他有沒有好一點，比我先前喜歡古青平的時候還要窩囊，每天早上我都告訴自己，不要再去看他了。

「妳今天還是不去看周斯理嗎？」周詩采每天都要跟我確認一次。

「沒時間。」我說。

但下班時間一到，我就直接收工，完全不管吉娜和小月死活，駕著小珍珠就到醫院。但還得在樓梯間等，等爸爸送飯來後離開，等美宜阿姨去護理站洗碗盤，等周詩采到樓下便利商店放風，周斯理病房沒人的時候，我才敢去開門偷偷看他。

今天我等得特別久，等到在樓梯間睡著，我站起來，從門上的玻璃窗望出去，剛好看到爸爸、美宜阿姨還有詩采一起從病房離開，確定他們搭了下樓電梯後，我才走到周斯理病房門口。

再一次偷偷的打開門，然後我看到念華正低頭吻著熟睡的周斯理。

這一幕，好像有人把我推到了地獄，我嚇到坐在病房外的椅子上用力呼吸，不停的問著自己，剛剛到底看到了什麼畫面？念華喜歡周斯理嗎？這是什麼時候發生的事？

我回想著這一切，從念華變得奇怪開始，她的一舉一動，她說的每一句話，我這才恍然大悟，念華的確喜歡周斯理，但她知道他是gay啊，為什麼會突然喜歡上他？

我糊塗了，完完全全。

我坐在病房外的椅子上，沒有離開，門突然被打開，念華心情很好的拿了水壺走出來，還哼著歌。

我看著她的背影，冷冷的對她說：「我有話對妳說。」

念華聽到我的聲音，愣了一下，轉過身來，帶著微笑回應我，「要說什麼？」

我拉著她往樓梯間走，門一關上，我迫不及待的告訴她，我剛剛看到她吻周斯理的那一幕，原本一臉無所謂的她，才開始驚慌起來。

「妳什麼時候開始喜歡周斯理的？」我問。

念華看著我，驕傲的抬著下巴，沒有打算要回答的意思。

我被她的態度激怒，「妳不想說沒有關係，我直接去問周斯理，看他知不知道妳喜歡他。」

她這才緊張的抓著我，大聲的吼我，「我喜歡他很久很久了，從大學我去妳家的那天開始，我就喜歡他了，後來以為他愛的不是女人，我才放棄的。」

「那妳怎麼知道他不是gay？」

「我就是知道他不是，妳問這些幹麼？是不是gay，他都是妳哥，這是變不了的事實。」念華沒有正面回答我的問題。

「所以妳是確定了周斯理不是gay，覺得自己有機會，才拋棄阿凱的？」我問著她。

她面無表情的說：「我從來就不愛他，離開他對他是好的。」

「妳和他在一起八年，然後告訴我，妳不愛他，為了他好所以離開，妳不覺得妳很自私嗎？妳怎麼這樣對一個愛妳的人？」我一直以來以為的好朋友竟是這樣的人，我完全不想接受。

念華不願意接受我對她的指責，反過來罵我，「莫子晨，妳才自私，只不過父母離異，妳就覺得全天下妳最可憐，覺得大家都虧欠妳。」

「我沒有！」我說。

念華像變了個人一樣，瞪大眼睛抓住我的手，失控的對我說：「像妳這種人憑什麼得到大家的愛？在學校妳最搶風頭，我就待在妳旁邊不起眼的活著，妳憑什麼得到阿理所有的關心？讓他為妳做這麼多事，妳還不珍惜，理所當然接受別人對妳的付出，妳這種人，有什麼資格跟我談自私。」

我用力的甩開了念華的手。

她對我說了一句，「要不是因為我喜歡周斯理，我一點都不想跟妳這種人當朋友。」然後用力打開了樓梯間的門離去。

我像被雷打到了一樣，站在原地，無法動彈。

隔天，我的失常，又讓謝安婷把我叫去茶水間訓話，然後她才罵了我一句不長進，我的眼淚就掉下來。

「妳不要以為妳哭就沒事了喔！」

我沒有理她說什麼，直接走到她身邊，然後抱著她哭，「對，妳說的沒有錯，我真的不長進，我完全沒有好好關心過周斯理，他為我付出那麼多，我都當做是理所當然，所以他現在討厭我是正常的，我也沒有好好在乎過念華的心情，原來她當我朋友這麼委屈，我好自私，我都只想到自己……」

謝安婷馬上把我推到旁邊，「拜託不要講這種愚蠢的話，這個世界上誰不自私？我們就是自私，才這樣活著啊！不自私的人要不是在天上，就是還沒有出生，妳可以有妳自己的生活原則嗎？不要別人說妳兩句，就開始亂了自己的生活步調，妳怎麼不覺得對不起我，我還得要降低我的層次跟妳當朋友。」

我哭著繼續抱著她，「拜託妳不要不當我朋友，我已經沒有朋友了。」謝安婷就這樣站在原地，任憑我哭著，然後對我飆了一堆髒話。

髒話永遠都是最乾淨的。

多虧謝安婷每天罵我，我才能夠逐漸回到正常的生活，跌跌撞撞了一圈我才認清，我的世界裡，沒有古青平，也沒有周斯理。

想到古青平，我的心是平靜的，但想到周斯理，我的心總是會不自覺的隱隱作痛，謝安婷說那是我的心理作用，可能只是年紀大的關係。

我又開始不回家了，這次不是因為爸爸，而是因為周斯理，聽詩采說他已經能不用拐杖自己走了，聽詩采抱怨念華每天都用大嫂的姿態指使她，但我只能笑著帶過，想到念華吻周斯理的那一幕，總是會讓我的心揪一下。

現在我又多出很多時間，因為我又回到了單身的日子，沒伴侶也沒有情侶，心裡空空的，總不能讓日子也空空的。

所以我又有時間好好的去運動。

「想說妳這麼久沒來，是決定放棄妳的川字線了。」艾咪邊訓練我邊說。

我笑了笑，「我只要小腹不要太凸就偷笑了。」川字咧，我只聽過川菜。

艾咪接著說：「下個月我就要休息了，我會幫妳安排好新教練。」

「為什麼？」我說。

艾咪一臉滿足的說：「因為有三寶了，老公叫我這胎好好在家休息，所以我想說做到這個月就好了。」

我點了點頭，艾咪臉上的幸福光芒閃得我眼睛快要睜不開，「恭喜妳，但妳不要再笑給我羨慕了！看了就煩，」我笑著對她說。

艾咪走到我面前，抱了抱我，「謝謝妳當初和我老公分手。」要不是她懷孕，我手上的啞鈴可能已經飛到她臉上了。

運動後，我和艾咪一起下樓，陳建華已經在車上等著。他看到我們出來，下了車走到我們面前，接過艾咪的包包，然後對我說：「不順便送妳了，我要帶我老婆去吃飯了。」

我翻了個白眼，「沒要你送。」

陳建華要離開之前，還不忘回頭跟我說：「快去交男朋友吧！不要再等我了。」夫妻倆完全一個樣。

我笑了笑，看著陳建華的車子駛離我面前，突然覺得我和陳建華的結局才是最好的結局，至少我們其中一個人過得很幸福。

送走了我的初戀，我走到對面的停車場要取車時，孫以軒迎面走了過來，他身旁仍是那個女孩，不一樣的是，那女孩的小腹微凸，看到我後，又警戒的勾住了孫以軒的手。

這一次，我心情意外的平靜，從孫以軒身旁經過，像陌生人那樣，比陌生人再陌生一點，然後，我在心裡沒有意識的對著他說：「祝你幸福。」

我被我的大器嚇到了，連忙打電話煩謝安婷，想要一點點鼓勵，她卻二話不說的掛掉我的電話。但我沒有生氣，駕著小珍珠，心情愉快的哼著歌，畢竟能夠對一段感情釋懷，是一件非常值得慶祝的事，於是運動後的我到速食店買了一個十二吋的潛艇堡，找了個座位為自己歡呼。

突然有人在我面前坐了下來，是麥克和他的男朋友。我一下被生菜給噎到了，麥克幫我要了杯水，放到我手上，我趕緊喝了一大口，確定自己還活著後，對麥克不好意思的笑了笑。

「我沒有怪妳，所以妳不要想太多，妳還是我可愛的子晨妹妹。」麥克笑著對我說。

我不好意思的說：「謝謝。」

「阿理好多了沒有？他不在，事務所都快忙翻了，根本沒有時間到醫院看他。」麥克問我。

「應該好多了。」我說，

我對周斯理的印象，只停留在他躺在病床上，對我冷漠的表情而已。

麥克伸手戳了我的頭，「什麼叫應該？妳每天和他見面，妳不知道他到底好了沒？妳這樣就太對不起阿理了。」

我尷尬的笑了笑，「其實，我們吵架了，已經很久沒有說過話了，他不想理我，我也沒有辦法。」

麥克一臉驚訝，「妳說阿理不理妳？怎麼可能啊？他有可能不理世界上任何人，但他絕對不可能不理妳，妳是他捧在手心裡的寶耶，只差沒有幫妳摘月亮而已，妳交代的事，他使命必達，比ＤＨＣ還好用。」

麥克的男友在他旁邊小聲的說：「ＤＨＬ。」

我笑了笑，把我和周斯理吵架的原因全都說給麥克聽，麥克聽完直搖頭，「阿理對妳就是保護過度，古青平的事，在業界大家都知道，但那也是很久之前的事了。最近合作幾次，他其實人還不錯，真沒想到妳居然釣得到他。」

我再次尷尬的笑了笑。

然後麥克看著我，大大的嘆了一口氣，我疑惑的看他一眼，他又嘆了好大一口氣，我皺著眉頭問他，「幹麼一直嘆氣？」

「子晨，我問妳喔，假設周斯理不是妳哥哥，妳會對他心動嗎？」麥克嘆完氣突然問了我這個問題。

我愣住了，「可是他就是我哥啊！」

「我是說假設假設假設，假設我不是gay，妳會愛我嗎？」麥克繼續問。

我馬上回話，「當然不會啊！我對光頭肌肉男沒有興趣。」麥克男友大笑了出來，被麥克瞪了一眼。

「妳不覺得妳很奇怪嗎？對象是我就馬上答得出來，對象是周斯理，就一直拿哥哥的身分來搪塞，就說是假設了啊。再問妳一次，阿理如果不是妳哥，那妳會對他心動嗎？」麥克很有耐心的再問著我。

我想了一下，然後回答，「他不是我哥，但他是我姊。」因為過去我一直以為他是gay啊！

麥克生氣的站了起來，好像指著犯人一樣指著我，「難怪阿理不理妳，妳真的是白目到一個極限耶，虧他喜歡妳十幾年，妳遲鈍到要死也就算了，現在都跟妳明講了，妳還在那裡跟我打哈哈。」

全速食店的人都在看麥克吼我，但我不介意他吼，我在意的是他說的那句，「虧他喜歡妳十幾年。」

周斯理喜歡我十幾年？「怎麼可能！」我不敢相信的說。

「為什麼不可能？妳反應都可以遲鈍成這樣了，這世界上還有什麼事不會發生？」

麥克的話真的把我嚇到，收驚幾百次都沒有用。

但他繼續對我說：「他知道妳對他沒有感覺，為了可以跟妳親近一點，被誤會是gay，他也不在乎，還拜託我不要解釋，妳知道我們阿理條件有多好嗎？有多少女生喜歡他嗎？擔心他的身分會對妳造成影響，他只能選擇暗戀，然後看著妳跟別的男人談戀愛，妳每談一次戀愛，我至少要陪他喝酒喝一個月，妳說妳怎麼可以這麼笨啊？」麥克邊說邊為周斯理委屈的哭了起來。

我聽著麥克說，不知不覺也淚流滿面。

然後我起身，駕著小珍珠往家裡衝，腦海裡都是周斯理的臉，他對我的好，他對我的容忍，他對我的體貼，這十幾年來，他陪伴我走過的每一天，他的笑，他的好，都在打著我的臉，我痛得哭了出來。

周斯理喜歡我的這件事，讓我也心動了，就算他親口告訴我他是gay，我也決定要喜歡他了。

胡亂的停好車，我按了電梯，電梯不來，我著急的爬樓梯衝到八樓。到家門口那一瞬間，我差點就吐了。我拿出鑰匙快速打開門，客廳沒有人，我跑到餐桌旁，我突然回來把大家都給嚇到了。

我喘著氣看著周斯理，他也看著我。在他還沒有別過臉之前，我大聲問他，「你真的喜歡我嗎？」大家都倒吸了一口冷氣。

念華坐在周斯理身旁，馬上臭著一張臉看我。

周斯理看向我，一樣面無表情，我急得紅了眼眶，再問了他一次，「你喜歡我嗎？你是不是喜歡我？」

他緩緩放下碗筷，然後對我說：「沒有。」這兩個字好像冷水潑了我一臉，我像洩了氣的皮球，難堪的接受大家異樣的眼光。

但我不想放棄，事情到了現在這樣，我沒有回頭的路可以走，我再次對周斯理說：

「但是麥克說……」

「妳就只是我的妹妹。」我話還沒有說完，他就打斷了我。

然後，他別過臉去，像之前那樣不願意看著我，我深吸了一口氣，轉身離開，我想，我再也沒有臉出現在這個家裡。

我開始後悔自己的衝動，周斯理的話狠狠摔破我的期待，我期待他是愛我的，我期待他會一直出現在我的未來，但現在看來，接下來我們彼此都會消失在對方的人生裡。

我恍神的打開車門，突然有人走到我身後，伸手把我的車門關上，砰的好大一聲。我回過頭，看著滿臉憤怒的念華，她火大的對我吼，「妳怎麼有臉去問周斯理是不是喜歡妳？拜託妳離他遠一點，我不喜歡我的男朋友跟自己沒有血緣關係的妹妹太過親近。」

「什麼意思？」念華好像在說外星語。

「我說，我和阿理在一起了，妳不要再來打擾我們，他喜歡妳這麼久，妳都沒有發現，妳就已經失去喜歡他的資格了。為阿理好，就請妳不要再來煩他了。」念華說完，轉身就走。

「妳怎麼知道他喜歡我？」念華是什麼時候發現的？而她選擇了不告訴我。

她沒有打算回答我，只嗆了我一句「離我男友遠一點」後，就走回家裡去。

我愣在原地，努力試著接受周斯理和念華在一起的事實，但我發現，鬼才能接受。

於是謝安婷又被我煩了好幾個晚上，為了躲我，她居然直接請假，出國去旅行。我只能每天下班回家躺在床上發呆，但爽爽屋裡的每個角落都有周斯理的身影，為了不讓周斯理再繼續出現在我腦海中，我只能每天到附近公園晃到想睡覺再回家。

我在從公園回到家的路上，遇到了古青平，他還是充滿魅力的對我笑著，還是像王子一樣帥，但我心如止水，心動的感覺消失無蹤，我想他很快就會是別人的王子了。

我對他笑了笑，他走到我面前來，打量著我，「妳今天不太一樣。」

我看了一眼自己的打扮，實在也不想評論自己，只有四個字，又宅又素，我笑了笑說：「其實這比較像我。」之前他住我這裡，我都要比他早起上個淡妝，也不能穿這種純棉小碎花睡衣，都是性感絲質睡衣，頭髮也不能用鯊魚夾這樣隨意盤起。

「這樣很好看。」他說，睜眼說瞎話。

「怎麼會來這附近？」我說。

「來找妳。」

我疑惑的看著他。

「明天有一個室內設計相關的晚會，我需要一個女伴，不知道妳方不方便。」他一臉緊張的對我說。

我笑了出來，「你緊張什麼？」

他嘆了一口氣，「我從決定要來這裡的時候就一直很緊張，我還是很希望可以跟妳當朋友，我很害怕妳會拒絕我。」

我看著他，想著風水輪流轉這句話。我並沒有得意，我只能說，放下永遠都是最強的，因為當你不再期待，就什麼也傷害不了你。我對古青平沒有了期待，所以他的一切，再也傷害不了我。

我在想，我對周斯理，還能有所期待嗎？

「可以嗎？」他小聲的問著，把出神的我拉了回來。

我笑著說：「當然可以，以朋友的身分，絕對沒有問題，但禮服的錢你要出，我沒有漂亮禮服，我也沒有錢，我很窮，我要繳車貸和房貸。」

古青平大笑了出來，「妳以前很客氣的。」

「因為以前喜歡你啊！現在不喜歡了，幹麼跟你客氣？」我笑著說。

古青平也笑了笑，一臉可惜的表情，摸摸我的頭，「我現在後悔還來得及嗎？」

「你說呢？」我笑了笑，跟他說了聲再見後，轉身上樓。

或許，女人在愛情裡是比男人笨了一點，但我覺得，女人在愛情裡永遠比男人再勇敢一點，因為我們總是不怕痛，比起男人的總是不知道痛，還要來得幸運許多。

古青平很有效率的在隔天下午前就送了禮服到公司，我在下班時快速換好小禮服，準時出現在他面前。

他一臉驚豔的看著我，我笑著對他說：「你的表情，會讓我虛榮好幾天。」

他笑了笑，帶我到了會場後，他四處和熟識的人打招呼。我告訴他，我要去吃東西之後，就放他一個人去面對那些社交，這是我最討厭的事，我不喜歡陪笑。

全場就只有我一個女生，大剌剌的站在餐檯前面放肆的大口吃東西，大口喝酒。

突然有道聲音從我身旁傳了過來，「子晨，妳怎麼會在這裡？」我回過頭去，確認了這個討人厭的聲音是念華的聲音，然後看到了一個多月沒見的周斯理，我想我得要先感謝我那個晚上的失控，讓爸爸、美宜阿姨和詩采沒人敢打電話叫我回家吃飯。

畢竟親眼看自己女兒被打槍，也會得到創傷後症候群。

看了他們一眼，我轉過身繼續吃我的東西，做作的招呼就不必了。

古青平剛好來到我的旁邊，我們四個人還真的是狹路相逢。念華看到古青平，又開始裝熟的說：「原來是你帶子晨來的啊。我還奇怪她怎麼會出現在這裡。」

「我很感謝她願意當我女伴。」古青平很客氣的回答她。

「找女朋友當女伴不是應該的嗎？」念華又繼續說。

為什麼我之前沒有發現她這麼討人厭？為什麼我老是好像被鬼遮眼？為什麼我老是要面對這些令人不爽的場面？

才想嗆念華，古青平馬上對念華說：「子晨不是我女朋友，因為我追不到她。」

我驕傲的轉過頭去看了念華一眼，就勾著古青平的手往另一邊走去，然後順便教訓一下他，「幹麼跟她講那麼多？浪費時間，以後不准你再跟她廢話，路上要是不小心遇到，拜託你轉彎。」

古青平笑了笑，「那妳哥呢？我看到他也要轉彎嗎？」

「他不是我哥，他什麼都不是！」我生氣的對古青平說。

他被我突然的發火嚇了一跳，「怎麼啦，你們發生什麼事了嗎？」

「發生很多事，但我不想解釋，最好你也不要問，不可以問，不、准、問！」我沒耐心的對他說。

他笑了笑說：「妳以前脾氣很好的啊，怎麼現在脾氣這麼差？」

「以前因為喜歡你，根本就沒有脾氣，現在我不喜歡你了，就要發脾氣啊！」還用問嗎？女人愛不愛一個人，態度可以差十萬八千里，這不是千古以來不變的定律嗎？

「妳可以不要再一直強調嗎？」他說。

我大笑出來，然後正經的對他說：「不可以。」

他也笑了出來，伸手摸摸我的頭，還幫我把嘴邊的奶油擦掉，我才說完謝謝，一抬頭就看到周斯理正看著我和古青平。

我瞪了周斯理一眼，然後拉著古青平轉身離開。

「妳喜歡他對吧！」古青平突然停了下來問。

「我不是說不可以問嗎？」我回答著。

古青平嘆了一口氣，「看來，我真的完全沒機會了。」

我只能拍拍他的臉，然後好心的對他說：「不管我是不是喜歡他，其實你都沒有機會了。」

他一臉委屈的樣子，我好像看到了過去的自己。

我笑了笑，時機這件事，真的太現實了，我們不停的遇到，不停的再錯過，我和古青平都錯了那個我們交集的時間點，但一點都不可惜，我相信，我和古青平都會遇到各自對的人，過著更快樂的日子。

晚會還沒有結束，我就想先離開了，因為我吃飽了。

「確定不用送妳回去？」古青平說。

「等我下輩子重新投胎滿十八歲的時候，再讓你送。」我說。

「那我就先在這輩子預約了，到家跟我說一聲。」

我點了點頭，離開會場，在走出門口的同時，遇到了周斯理，周斯理自己一個人，身旁沒有拖油瓶方念華。

他難得的正眼看了我，但是我不想看到他，那一個晚上他的冷漠，其實已經狠狠的打醒了我。

周斯理對我來說是很特別的存在，我對他一直有很特別的感情，我不想去區分那是什麼樣的愛，我就是愛他，可能有兄妹的愛、有朋友的愛、有男女的愛。

但愛是需要關係確認才會存在的，當他把我推開時，斷了和我所有的關係後，我就沒有辦法再繼續愛他，不管是用哪一種身分。我已經努力的調適到無視他的存在，包括過去還有未來，我都努力的在習慣去過沒有他的日子。

我不想努力來的一切被破壞。

我從他的身旁經過，準備下樓梯時，不小心拐到腳，就這樣從階梯滾了下去。他跑到我身旁扶我起來，我雖然全身都很痛，但我還是撥開他的手，然後假裝沒事，撿起鞋子一拐一拐的往前走。

「妳受傷了。」他冷冷的說。

我轉過頭，「干你屁事？」

他的拖油瓶在這個時候又出現了，念華看著我，大驚小怪的說著，「天啊，子晨，妳怎麼受傷了，我和阿理帶妳去看醫生擦藥。」

我看著念華，然後對她說：「一直當雙面人，妳不累嗎？妳明明就很討厭我，又何必在周斯理面前假裝對我很關心，沒有必要。他是妳的，我不會跟妳搶，拜託你們以後就算地球再小，碰到都當不認識，謝謝。」

沒再看周斯理，也不想看方念華，我還是拿著鞋子，一拐一拐的走到馬路旁，攔了輛計程車後回家，然後拿出自己完全沒有碰過的急救箱，打算幫自己擦藥，卻在手拙打翻紅藥水後，我決定讓自己自生自滅。

一點小傷，死不了。

我全身痠痛的躺在床上，突然門鈴被按得又急又響，我緩慢的起身，打開了門，方念華暴衝進來，然後出手就開始打我。

「都是妳都是妳！」她對著我吼。

晚上的摔傷，讓我只能很緩慢的移動我的手抵擋，所以我就這樣白白被她呼了好幾巴掌，念華甚至打掉了我的眼鏡，我氣得用盡全身力量把她推倒在地上。

她坐在地上，哭了起來。

我被她突然的舉動搞得火氣都冒上來，「妳哭屁啊！莫名其妙來我家打我，還在這裡哭，要哭不會回去哭喔！煩死了，拜託妳離我遠一點，當我莫子晨沒有福氣，交不起妳這種朋友。」

「阿理為了躲妳，要去荷蘭進修，他還說要留在那裡發展。都是妳害的，都是妳！」念華指責我，還哭著說。

我的腦筋一片空白，然後不管還坐在地上耍賴的念華，我跑了出去。身體的痛已經痛到麻痺，我現在最痛的是，周斯理竟然為了要躲我而要出國，我對他來說有這麼可怕嗎？

我又像上一次那樣衝回家，一進門，大家都坐在沙發上，睜大眼睛看我。我殺氣騰騰的走到周斯理面前，把他拉了起來，然後把他拉進房間。爸爸坐在沙發，一臉擔憂的喊著我的名字，「子晨啊……」

我轉過頭看了爸爸一眼，他馬上閉上嘴，詩采也拉了拉爸爸的衣袖，要他不要再說了。

我關上房門，然後看著站在我面前的周斯理，他也看著我，用男人看女人的眼神那樣看我，我突然口乾舌燥了起來。

「怎麼了？」他看著我說。

我清了清喉嚨，佯裝鎮定，「念華說你要出國？你不回來了？你現在出國，是要把罪名都推到我身上嗎？你心機怎麼可以這麼重？讓大家都覺得你是因為我才離開台灣，你這樣我怎麼對得起美宜阿姨？」

「我的確是因為妳才決定要離開的。」周斯理淡淡說著。

他的坦白，讓我忍不住哭了出來，「你不用離開，我離開。你不想看到我，我這輩子都不會出現在你面前。」

我轉身想要離開，周斯理卻突然從後背後抱住了我，「妳可以聽我講完嗎？這是我答應叔叔的，因為我們的關係和其他人不一樣，他擔心我愛妳，妳愛我都是衝動，所以要我們分開一年，如果一年後，我們對彼此的感情不變，那他才允許我和妳在一起。」

「啊？」我有點搞不清楚，我和周斯理的事，跟爸爸有什麼關係。

他把我拉到床邊坐好，然後拉了把椅子坐在我面前，看著我問：「妳真的喜歡我嗎？」

他這一問，我突然愣住了。三秒後，我說：「喜歡啊！」

他難得的對我笑了，「因為我是妳哥？還是因為我是周斯理？」

「都有吧！」我不確定的說。

他嘆了口氣，對我說：「我需要妳很確定的告訴我，妳對我的喜歡到底是哪一種喜歡，我們有一年的時間可以好好思考。」

「那你喜歡我嗎？」我問。

「喜歡得要死。」他說。

「那是哪一種喜歡？」我繼續問。

周斯理看著我，三秒後吻住了我，對我說：「這種喜歡。」

我突然心跳得好快好快。

怕我心臟會跳了出來，伸手揍了他一下，「那上次問你，你還說不喜歡，你知道我在大家面前有多丟臉嗎？」

他抱住了我，在我耳旁說：「對不起，我那時候不敢承認，因為我必須要顧慮叔叔和我媽的心情。但後來我還是決定和叔叔談，他才要我離開一年，讓我們彼此冷靜過後再做決定。」

然後我好像想到了什麼，用力的推開他，「你明明都和念華在一起了，現在還對我說這些。」

他馬上澄清，「我沒有和她在一起，她剛剛對我告白，為了讓她死心，我告訴她，我不會回來了。」

「那如果一年後，你不喜歡我，或是我不喜歡你了怎麼辦？」我擔心的說。

他再一次抱住了我，「那我就真的不回來了。」

我生氣的又出手打他，「你說這是人話嗎？你不應該是要安慰我說這種事不會發生？你懂不懂女孩子的心啊！」他邊閃邊唉唉叫。

房門外傳來爸爸和美宜阿姨擔心的聲音，「子晨，妳打輕一點！」

教訓人的時候就是這樣，有人在旁邊阻止，打的人就會越起勁。我更用力的打著周斯理，他手一撈，把我抱在懷裡，讓我動彈不得，再用他的嘴堵住了我的嘴。

房間裡沒了聲音。

「怎麼辦？會不會出人命了？都沒有聲音。」周詩采的聲音從門外傳進來。

我和周斯理對看一眼，笑了出來。

這個晚上，為接下來的分離，我們緊抱著彼此。

我不知道我和周斯理未來會如何，我只知道接下來的每一天，我都會更珍惜的去愛，然後不再害怕受傷害。因為過去的那幾段爛戀愛，都在某種程度為我帶來某些變化，讓我越來越懂得去面對關於愛這件事。

陳建華讓我變知足了，孫以軒讓我變成熟了，古青平讓我變堅強了，而周斯理讓我變回我自己。和他在一起，我只需要做莫子晨就可以了。

一年後

床上傳來晃動的聲音，我無力的睜開雙眼，看著螢幕上的時間，凌晨三點半，我踢了踢睡在我另一邊周斯理的屁股。

「換你起床了，快點！」我虛弱的說。

周斯理迷迷糊糊的想下床，卻不小心跌了下去，「砰」的一聲，我醒來，一旁嬰兒床上的 baby 也嚇醒過來，開始大哭。

我對著床下的周斯理，快哭了出來，「你是豬嗎？連下床都會跌倒，小孩都被你吵醒了，我怎麼睡？我明天有部門會議啊！」吉娜在上個月離職，她決定要到尼泊爾專心靈修，於是我升職成了行銷經理，但我每天都睡不飽，只能躲在公司的廁所偷睡。再這樣下去，我很快就會暴斃，我們家小驚奇就會沒有媽媽了。

周斯理趕緊起身，爬到床上抱著我，拍了拍我的背，「好好好，不哭不哭，妳快睡，我去照顧小驚奇。」然後再下床去抱著小驚奇到客廳去哄著。

不到五分鐘，周斯理再次爬上床，我迷糊的說：「小驚奇咧？」

「在爸媽房間裡。」他也沒有力氣的說。

「明天把嬰兒床移到爸媽房間好了。」我說。

他笑了笑，伸手抱住我，「好主意。」

我也抱住了他，滿意的再次睡去。

多虧周詩采的嘴，那個晚上我們真的鬧出人命。

周斯理只去了荷蘭三個月，就被爸爸叫回來對我負責，爸爸氣得三個月不跟我們說話，還放話不參加我們的婚禮，卻又因為我們直接去登記不辦婚禮而發火。就是一個女兒被搶走，隨時隨地亂生氣的中年男子。

美宜阿姨，不，現在我可以理所當然的叫她媽媽，媽媽要我繼續做自己喜歡的事，不要因為結婚或生小孩而放棄自己的人生，所以我很不客氣的白天把小孩交給她帶，而我真正的媽媽也常會來家裡，兩個人一起照顧小驚奇。

周詩采到現在還是沒辦法叫我大嫂，她一直覺得我和周斯理亂倫，周斯理告訴我，那是因為詩采從以前到現在就把我當姊姊，所以才會無法調適。但我其實一點都不在意周詩采有沒有辦法習慣，那是她的問題，不是我的問題。

而謝安婷終於遇到了一個讓她無法再這麼灑脫的男人，我晚上除了要照顧小驚奇外，還要接她的騷擾電話，不知道這到底是她的報應，還是我的報應？

我想，人生很長，所有的話，都不要說得太滿……

【全文完】

·後記·

# 愛與承諾

我常在想，是不是得到承諾的一段感情關係，才叫做戀愛？

當我們被幾次愛情折磨後，聽過太多美麗情話後，相信那些動人保證後，我們開始懷疑，為什麼當初說好了的愛情，卻總在某個時候變了。我們被拋棄了、被丟下了，那些情話和保證像雲、像霧，叨擾你一番後，就這樣散去了。

那愛，到底還需不需要承諾？

再聽到美麗情話時，你會感動得熱淚盈眶，還是臉上帶著假笑，心裡覺得對方在瞎扯？再聽到那些天荒地老的保證時，你會選擇全盤相信，還是放在心裡打折之後再打折？

歲月把我們變得像一頭隨時隨地需要警戒，充滿不安全感的獸。不知道什麼時候起，我們忘了什麼叫愛的純粹，我們失去了愛的本質，無法相信別人的狀態下，我們只能相信自己，於是把自己推得離愛越來越遠。愛就在那裡，而我們想碰，卻又不敢碰。

於是，我們發明了一套又一套讓自己不會受傷，卻可以享受愛的各種方式，人總是喜歡用自己的行為，來證明自己的無知。自以為灑脱，結果被困住的卻只有自己，自以為有本事，結果只有流淚最厲害。

接著，用各種方式來取笑所謂的承諾，卻在最後才知道，沒有承諾，只能勉強稱的上是一段關係，根本不是愛。或許，有很多承諾，在時間證明過後，它只是幾個字，或是一個屁，但在那當下，至少我們相信過愛的價值。

別貪圖快樂，所有快樂的背後，都需要付出努力或代價。

別太高估自己，你以為訂出遊戲規則，就不會犯規嗎？就不會踩到紅線嗎？你以為可以控制愛的多寡，但事實上，愛總是會在某個時候，轉身呼你一巴掌。

承諾或許可笑，但更可笑的是我們，總在愛上的時候，需要承諾來保證自己的愛沒有白費……

雪倫

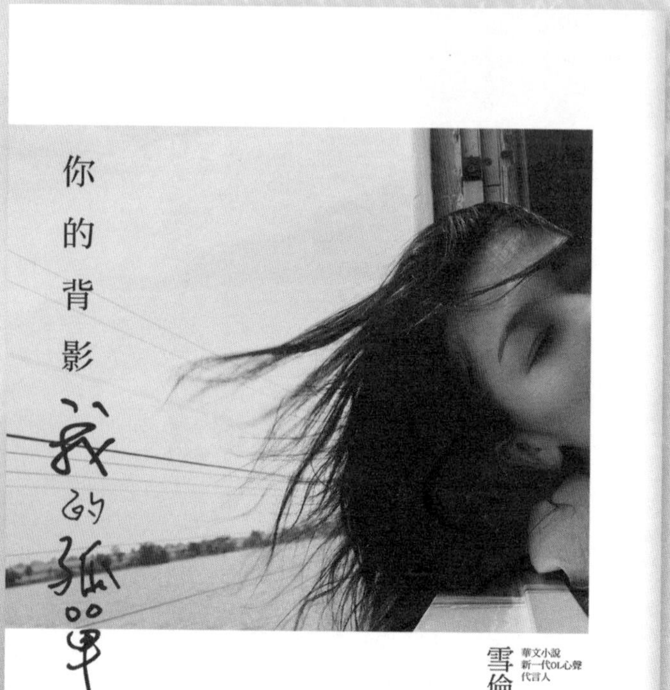
你的背影
我的孤單
雪倫
華文小說
新一代OL心聲
代言人
當你為了追求自己的夢不斷飄泊，
我始終留在原地等候。
只希望有一天，
你停下腳步回過頭，
不會錯過了我。

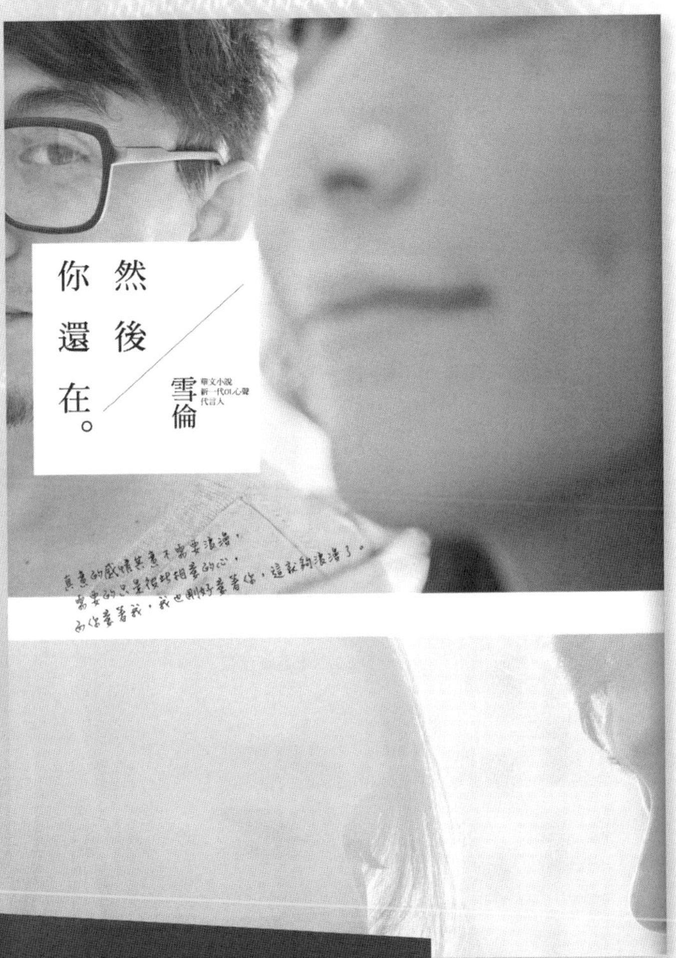


**BX4239**

## 然後 你還在 / 定價200元

眞實的感情其實不需要浪漫，需要的只是彼此相愛的心，
而你愛著我，我也剛好愛著你，這就夠浪漫了。

**BX4231**

**我等你，直到你懂我的孤寂** / 定價200元

縱使漫長而孤寂的等待
只能換得一瞬即逝的快樂和幸福，我也願意。

只好一個人
Only Myself
華文小說新一代OL心聲代言人
雪倫
我一直覺得單身的自己過得很好，
但是內心空蕩蕩的，只有自己知道。

國家圖書館出版品預行編目資料

不怕，寂寞／雪倫 著. -- 初版. -- 臺北市：商周出版：
家庭傳媒城邦分公司發行, 民104. 11
面：　公分. --（網路小說；253）
ISBN 978-986-272-912-0（平裝）
857.7　　104021025

# 不怕，寂寞

作　　者／雪倫
企畫選書人／陳思帆
責任編輯／陳思帆

版　　權／翁靜如
行銷業務／李衍逸、黃崇華
總 編 輯／楊如玉
總 經 理／彭之琬
發 行 人／何飛鵬
法律顧問／台英國際商務法律事務所　羅明通律師
出　　版／商周出版
城邦文化事業股份有限公司
台北市民生東路二段 141 號 9 樓
電話：(02) 25007008　傳真：(02) 25007759
Blog：http://bwp25007008.pixnet.net/blog
E-mail：bwp.service@cite.com.tw
發　　行／英屬蓋曼群島商家庭傳媒股份有限公司城邦分公司
台北市民生東路二段 141 號 2 樓
書虫客服服務專線：(02) 25007718、(02) 25007719
服務時間：週一至週五上午09:30-12:00；下午13:30-17:00
24 小時傳真專線：(02) 25001990、(02) 25001991
劃撥帳號：19863813；戶名：書虫股份有限公司
讀者服務信箱：service@readingclub.com.tw
城邦讀書花園：www.cite.com.tw
香港發行所／城邦（香港）出版集團有限公司
香港灣仔駱克道193號東超商業中心1樓
E-mail：hkcite@biznetvigator.com
電話：(852)25086231　傳真：(852) 25789337
馬新發行所／城邦（馬新）出版集團【Cité (M) Sdn. Bhd.】
41, Jalan Radin Anum, Bandar Baru Sri Petaling,
57000 Kuala Lumpur, Malaysia.
Tel: (603) 90578822　Fax:(603) 90576622
email:cite@cite.com.my

封面設計／黃聖文
版型設計／鍾瑩芳
排　　版／新鑫電腦排版工作室
印　　刷／高典印刷有限公司

■ 2015年（民104）11月3日初版
■ 2021年（民110）4月14日初版5.8刷
定價220元

Printed in Taiwan

城邦讀書花園 www.cite.com.tw


ISBN　978-986-272-912-0

商周出版

| | |
|---|---|
| 廣　告　回　函 | |
| 北區郵政管理登記證 | |
| 台北廣字第000791號 | |
| 郵資已付，免貼郵票 | |

104台北市民生東路二段141號2樓

**英屬蓋曼群島商家庭傳媒股份有限公司　城邦分公司**

請沿虛線對摺，謝謝！

商周出版

| | | |
|---|---|---|
| **書號：**BX4253 | **書名：**不怕，寂寞 | **編碼：** |

請於此處用膠水黏貼

商周出版

# 讀者回函卡

感謝您購買我們出版的書籍！請費心填寫此回函卡，我們將不定期寄上城邦集團最新的出版訊息。

不定期好禮相贈！
立即加入：商周出版
Facebook 粉絲團

姓名：＿＿＿＿＿＿＿＿＿＿＿＿ 性別：□男 □女

生日：西元＿＿＿＿年＿＿＿＿月＿＿＿＿日

地址：＿＿＿＿＿＿＿＿＿＿＿＿

聯絡電話：＿＿＿＿＿＿ 傳真：＿＿＿＿＿＿

E-mail ：

學歷：□ 1. 小學 □ 2. 國中 □ 3. 高中 □ 4. 大學 □ 5. 研究所以上

職業：□ 1. 學生 □ 2. 軍公教 □ 3. 服務 □ 4. 金融 □ 5. 製造 □ 6. 資訊
□ 7. 傳播 □ 8. 自由業 □ 9. 農漁牧 □ 10. 家管 □ 11. 退休
□ 12. 其他＿＿＿＿＿＿

您從何種方式得知本書消息？

□ 1. 書店 □ 2. 網路 □ 3. 報紙 □ 4. 雜誌 □ 5. 廣播 □ 6. 電視
□ 7. 親友推薦 □ 8. 其他＿＿＿＿＿＿

您通常以何種方式購書？

□ 1. 書店 □ 2. 網路 □ 3. 傳真訂購 □ 4. 郵局劃撥 □ 5. 其他＿＿＿＿

您喜歡閱讀那些類別的書籍？

□ 1. 財經商業 □ 2. 自然科學 □ 3. 歷史 □ 4. 法律 □ 5. 文學
□ 6. 休閒旅遊 □ 7. 小說 □ 8. 人物傳記 □ 9. 生活、勵志 □ 10. 其他

對我們的建議：＿＿＿＿＿＿＿＿＿＿＿＿

＿＿＿＿＿＿＿＿＿＿＿＿

＿＿＿＿＿＿＿＿＿＿＿＿



請於此處用膠水黏貼